오늘도 내일도
그 다음 날도
내 길을 가리라

오늘도 내일도 그 다음 날도
내 길을 가리라

초판인쇄 | 2018년 12월 10일　초판발행 | 2018년 12월 20일
지은이 | 최 옥　주간 | 배재경 펴낸이 | 배재도 펴낸곳 | 도서출판 작가마을
등　록 | 2002년 8월 29일제 2002-000012호
주　소 | 부산광역시 중구 대청로 141번길 15-1 대륙빌딩 301호
　　　　T. 051248-4145, 2598　F. 051248-0723　E. seepoet@hanmail.net

ISBN 979-11-5606-119-9　03810　₩10000

※ 본 도서는 2018년도 부산문화재단 지역문화예술육성지원사업으로 지원을 받았습니다.

오늘도 내일도
그 다음 날도
내 길을 가리라

최옥
산티아고 순례시집

도서출판
작가마을

하늘에 계신 우리 아버지와 함께 있는 그를 가슴에 담고
2017년 9월 9일, 프랑스 생장에서 순례자 등록을 했다.
그리고 단 하루도 쉬지 않고 걸어서
2017년 10월 15일 오후 1시,
산티아고 데 콤포스텔라, 800킬로를 37일 만에 도착했다.
혼자 떠나온 길이라 두려움도 있었지만
묵묵히 걷고 또 걷고
힘들고 아팠지만 묵묵히 걷고 또 걷고
발은 온통 상처투성이지만
한 번도 내 배낭 남에게 맡기지 않았다
힘들다고 길을 바꾸거나 버스타고 건너뛰지 않았으며
온전히 가야할 길을 쉼 없이 걸어왔다는 것이
처음으로 내가 자랑스러웠다.
이 시집은 산티아고 순례 여정에 대한 기록이며
그 길에 대한 나의 묵상이다
매순간 나와 함께 걸으며 나를 지켜주신 하느님과
길 위에서 만났던 천사들에게 감사드린다.
그리고 엄마를 응원해 준 딸들에게 고맙고
늘 내 곁에 함께 있다고 믿는 남편에게 고맙다.

2018. 12월
최 옥

최옥
시집

제2부　아소포라에서 사아군까지

최옥
시집

제3부 사아군에서 호스피탈 데 꼰데스까지

오늘도 내일도 그 다음 날도 내 길을 가리라

제4부　호스피탈 데 꼰데스에서 산티아고 데 콤포스텔라로

최옥
시집

제1부

피레네를 넘어 아소포라로

남기는 글을 쓰다

길을 떠나기 전, 남기는 글을 썼다
내 삶을 정리하듯 일상적인 것들을 정리하고
남에게 들키고 싶지 않은 것들을 없앴다
내일이란 시간은 내 것이 아니듯
혼자서 가는 지구 반대편에서의 두 달
어쩌면 그 길이 나의 무덤이 될 수도 있으니까
두렵고 무섭고 가슴이 떨렸다
'사랑하는 아이들아'로 시작하는 글을 쓰며
집안 구석구석 널려있던 간절함을 남김없이
가슴에 쓸어 담았다
그리고 당신에게 인사를 한다
다녀올게, 가 아닌 함께 가자 그 길
한 순간도 내 곁에서 떨어지지 마시고
나와 함께 걸어 주소서
내가 가는 길마다 당신 천사를 보내주소서
신발 끈을 묶으며 배낭을 메고 문을 나섰다
문 밖의 세상이 온통 나를 향해서 다가 왔다

피레네 산을 넘어가던 날

고운 햇빛을 달라 청했는데 비바람을 주셨다
기쁨을 달라 청했는데 두려움을 주셨다
비옷은 결코 비를 막아주지 못했다
온몸을 두드리는 빗방울 소리가 커질수록
두려움도 커져서 어린 짐승처럼 떨었다

깊은 피레네 산속을 혼자 걸으며
비로소 가슴 저미는 기도가 나왔다
또다시 온전히 당신께 매달려서
성가를 부르고 기도를 드리다가
고통이 왜 축복인지 알게 하신 분

고통만이 절실하게 당신을 느낄 수 있는
하나뿐인 통로이며 가장 밀접하게
당신과 결합될 수 있다는 것을

비바람 부는 피레네 산을 넘으며
내 가슴은 벌써 당신 존재로 그득했다

수비리 강가의 고백성사

왜 산티아고 길을 걷느냐
수비리 가는 길에 만난 신부님이 물으셨다
이 길을 한번 걸어낸다면 좀 살 것 같아서,
좀 숨을 쉴 수 있을 것 같아서,
멈춰버린 나의 일상이 다시 흐를 수 있을 것 같아서
그래서 왔다는 말을 차마 할 수가 없어
대답 대신 고백성사를 청했다
산티아고 길에서 손에 꼽을 정도로
아름다운 마을 수비리, 아치형 다리가 있는 강가에
신부님과 나란히 앉아서 고백성사를 보았다
해는 지고 있었으며 바람은 알맞게 불었고
눈앞에 강물이 흘러갔다
내가 흘려보내야 할 것들은
내 안에서 빙빙 맴돌고 있었다
흘려보내야 더 넓은 바다에 닿을 수 있다는 것을
어찌 모를까
눈을 감고 그 사람의 얼굴을 떠올려 보아라
어떤 얼굴을 하고 있느냐
아, 도무지 어떤 모습도 떠올릴 수가 없었다

팜플로냐 가는 길

길 위에서 만나는 집들이
어찌 저리도 예쁜가
높지도 않은 집들이
창문마다 꽃을 피우고 있었다
고운 빛깔의 제라늄이
흐드러지게 피어서
순례자의 여정에 잠시 위로를 준다
자신을 위한 꽃이 아니라
남을 위해 피운 꽃의 아름다움이
거기 있었다

아름다운 풍경을 만나면
잠시 숨을 돌렸고
거룩한 성전을 만나면
무릎을 꿇고 기도했다
묘지를 보면 두 손을 모으고
거기 묻힌 영혼들에게 자비를 청했다
아프고 아픈 발을 끌며
팜플로냐 시내 긴 담벼락을 지나
팜플로냐 성에 입성했다

뿌엔떼 라 레이나를 향하여

페로돈 고개를 향하여 가던 길
더는 발의 통증을 참지 못하고
길바닥에 앉아서 양말을 벗었다
발바닥에 생긴 물집에 바늘을 꽂았다
걸음마다 내 발을 찌르던 진물이 흘러 나왔다
발바닥을 가슴에 안으며 눈을 꼬옥 감았다
이제 곧 페로돈 고개를 넘어야 한다 용서의 고개라는데
나는 무엇을 용서해야 될까 답은 늘 한 가지였다
당신이 남기고 간 상처, 아니 내가 나를 아프게 했던
그 상처에 이제는 바늘을 꽂아야겠지
이렇게 눈을 꼬옥 감고 안으로 곪아서
나의 온 존재를 찌르던 고통의 진물을 닦아내야겠지
나를 용서하지 못해서 넘지 못한 고개를
오늘은 넘어가야 한다
순례자들의 모습을 새겨둔 조각 속에는
바람과 별이 지나가는 언덕이라는 말이 숨어 있다지만
그 언덕을 넘어가는 길에는 햇빛과 자갈만 가득했다
끝없이 아득하고 아득했던 길
이 마을인가 싶으면 아니고

16 오늘도 내일도 그 다음 날도 내 길을 가리라

저 마을인가 싶으면 그 또한 지나가야 할 곳이었다
주저앉고 싶었던 순간이 가장 많았던 길
발을 질질 끌며 걷고 또 걸어서
뿌엔떼 라 레이나에 도착했다
알베르게 계단 한 개를 한 번에 오르내리지 못하고
절뚝거리며 발바닥을 온전히 바닥에 대지도 못했다
걸음을 옮길 때마다 신음소리를 내다가
시선이 마주치던 이국의 사람들이
서로의 발을 보며 웃었다
멀고도 멀었던 길의 거리가, 배낭의 무게가
내 발바닥으로 모두 들어와서 욱신거렸다
그래, 이렇게 걸어가는 거야 괜찮아

길 위의 신부님

팜플로냐, 페레그리노스 알베르게의 아침
헝클어진 신부님 머리카락을 보며
'아, 신부님도 머리카락이 헝클어지는구나'
신부님이 길 위에서 사 주시던
까페 꼰 레체 한 잔의 따뜻함
신부님이 주셨던 고백성사는
순례 길의 축복이었습니다
뿌엔테 라 레이나 수도원에서
배낭을 메고 출발하던 새벽
신부님이 건네주시던 사과 한 개를
오래 기억합니다 앞서 걸어가시며
'잘 걸어오고 있느냐' 보내 주시던 말씀은
나에게 큰 힘을 준 격려였죠
산티아고 데 콤포스텔라 대성당에서
신부님이 집전하신 미사는
순례 길을 마무리하는
가장 아름다운 마침표였습니다

다시 길 위에서

 – 비아나 가는 길

이른 새벽 까스띠야 문을 지나
로스 아르꼬스를 떠나며 돌아보니
일출 전 풍경 속에 고고히 서 있는
산타마리아 성당의 팔각형 탑

순례 길에 만나는 가장 아름답고
가장 높다는 탑을 보며
굳게 닫힌 성당 문 앞에 서 있었던
어제의 시간이 떠올랐다
들어갈 수 없었지만 들어가고 싶었던 문
내 일상 속에도 그런 문이 얼마나 많았던가

묵묵히 걷고 또 걷다가
길가에 세워진 표지석 위에 놓인
돌멩이 세 개를 보며 불현듯 가슴이 무너졌다
여기 돌멩이를 올려두고 갔을 어느 가슴과
내 안에 묻어 둔 것들이 부딪혀서
나를 흔들었다
돌멩이 세 개가 서로 몸을 어루만지며
울고 있었다

아름다운 마을, 에스떼야에서

여왕의 다리를 지나
또다시 길 위에 섰다
아름다운 풍경을 만나면
혼자서 충분히 외로웠다

좋은 빵, 훌륭한 포도주
모든 종류의 행복함이 있다는
마을 에스떼야
그 모든 종류의 행복함이
내가 가진 한 가지 슬픔을
밀어내지 못했다

이름도 모르는 성당으로 나 있는
계단을 올라가서
저물어가는 마을을 바라보았다
하나, 둘, 불이 켜지는 집들이 따뜻하다

내가 껴안고 있는 어둠에도 저렇게
등불 하나 켤 수 있게 하소서

20 오늘도 내일도 그 다음 날도 내 길을 가리라

내 외로움의 천장에도 저리 고운 불
켤 수 있게 하소서

로스 아르꼬스에서 활처럼 휘어지다

이라체 수도원에서 만난 두 개의 수도꼭지
왼쪽에는 포도주, 오른쪽에는 물이 나왔다
포도주 한 모금을 마시며 내 삶의 모든 순간에도
늘 두 개의 수도꼭지가 있었을지도 모른다는
생각이 스쳐갔다

외로움 속에 만나는 것들은 두 배로 빛났다
낮게 떠 있던 구름, 끝도 없던 빈들에
누군가 만들어 두고 간 화살표가 따뜻했다
말 한 마디 건넬 수 없었던 이국의 순례자들이
모두 나를 앞서가고 나는 오늘도 꼴찌였다

지친 몸으로 로스 아르꼬스에 도착하니
활 모양의 마을이란 이름처럼
내 몸도 활처럼 휘어질 듯하다

텅 빈 마을, 아무도 보이지 않는 길에서
던져진 듯 덩그러니 혼자 서 있었다
이국의 낯선 마을, 아는 사람도 없고

말도 통하지 않는 이곳에서 나는 어디로 가야 할까
머리카락이 바람에 날렸다

겨우 찾아들어간 오스트리아 알베르게,
돌아누우면 떨어질 것 같은 이층침대에 누워
활처럼 휘어진 내 몸의 화살이
내일이면 어디로 향하게 될까 생각하다가 잠이 들었다

비아나, 이곳에도

비아나, 이곳에도
쇠비름이 있고 엉겅퀴가 있고
토끼풀이 있구나
내가 자라던 우리 집 마당,
밭으로 가던 길목에
지천으로 자라던 풀꽃이
이곳에도 있구나

낯선 땅에서 만나는 낯익음이
반갑고 또 반갑다

새벽을 돌아보다

이른 새벽
걸어가다가 문득 돌아본 풍경
일출 속에 고요한 성당과
낮은 지붕의 집들이
바알갛게 물들어 있었다

해가 뜨기 전 하늘이
저토록 아름다웠던가
내 생에서 일출을 바라본 날은
얼마나 될까

걸을 때는 힘에 겨워
허덕거리느라 몰랐던 길을
한참을 걷다가 돌아보면
참으로 아름다웠다

내가 살아온 날도
훗날 돌아보면
저리 아름다웠으면 좋으리

흐르는 강물처럼

미움, 슬픔, 고통, 외로움이
모두 웅덩이가 되어서
마음 곳곳에 자리 잡고 있었다

흘려 보내라
놓아 보내라

신부님 말씀을 듣고 난 뒤
걸음마다
'진리가 너희를 자유롭게 하리라'
그 말씀이 들렸다

내가 웅덩이를 허물지 못한다면
그분의 진리와 자유는 언제까지나
갇혀 있으리라

흐르는 저 강물처럼
마음 속 웅덩이를 허물고
바다로 가는 길을 낼 수 있다면

얼마나 좋을까

툭, 치면
금방이라도 허물 수 있는 그 웅덩이에
오늘도 내가 허물어진다

아, 저곳에 마을이

오늘의 목적지, 마을이 보이면
보인다는 것만으로도
이미 그곳에 닿은 듯 마음이 급하다

보이는 거리가
보이지 않을 때의 거리보다
더 멀다는 것을 모른 채
닿을 듯 닿지 않는 거리에 애가 탔다
어서 발을 씻고
맥주를 마시겠다던 마음이
기어이 지치고 말 때쯤
마을 어귀에 들어섰다

이제는 내가 머물다 갈
마을이 눈앞에 보이면
더 느긋하게 더 천천히 걸을 것
당신에게 가는 길도 그러할까

철조망 위의 십자가
  – 라바라떼 가는 길

철조망에 가득 붙어있는
십자가를 보았다
크기도 다르고 모양도 다른
수많은 십자가들이
철조망 위에 걸려 있었다

저리 내어놓고 갈 수 있는
십자가라면 얼마나 좋을까
사람 속에 있는 철조망은
얼마나 질기고 질기든지
그곳에 걸려버린 십자가 하나

이곳과 저곳을 가로막는 철조망
그러나 가장 소중한 것은
아무것도 가둘 수 없는 법

철조망을 지나온
바람, 구름, 햇살 위에
나의 십자가를 걸어두고 간다

끝없는 포도밭과 구름을 따라서

– 아소포라 가는 길

아소포라 가는 길에는 아무도 없었다
나헤라에 머물러버린 순례자들과
벌써 앞서간 순례자들, 그 시간의 틈에 내가 있었다
연신 순례자의 기도를 바치며
걸어 갈 때 나를 따라온 것은
끝도 없는 포도밭과 낮게 떠서 흘러가던 구름
그리고 두려움이 등 뒤에서 따라왔다
아무도 없어서 더 아름다웠던 길
아무도 없어서 더 간절히 기도했던 길

자꾸만 돌아보던 길 끝에서 걸어오던 한 사람
'저 천사가 부디 나를 앞서가지 않게 하소서'
그는 천천히 걸으며 나의 등 뒤를 지켜 주었다
아소포라에 도착하여
같은 알베르게에서 만난 그 남자는 스위스 천사였다

제2부

아소포라에서 사아군까지

어느 집 덧문 앞에서

집집마다 창문에
덧문을 달고 사는 사람들
단층이지만 쇠창살이 아닌
고운 빛깔의 나무 덧문이
예쁘다

아침이면 문을 열고
저녁이면 문을 닫는 일상이
오래 전의 일처럼
그립다

그라뇽 성전에서의 잠

누군가 성당 담벼락에 빨랫줄을 걸었다
그 줄 끄트머리에 나도 슬쩍 빨래를 널었더니
거기 빨래 널면 안 된다고 손사래를 치며
달려오시던 신부님
그러나 우리는 성당 담벼락이 필요했다

빨래가 마르기를 기다리며
자꾸 만져보던 양말, 속옷, 겉옷
그렇게 내 온 존재는 성당 벽 한쪽에
매달려 있었다 젖은 옷에 한 번 닿지도 못하고
저만큼 물러가버린 햇살
당신 손길이 미처 닿지 못한 내 삶의 자리를
멍하게 바라보던 내 영혼이 펄럭이고 있었다

그라뇽 소성전에서
가진 옷을 모두 껴입고도
온몸을 구부린 채 추위에 떨던 밤
당신 이름을 부르며 잠들던
가여운 내 영혼이 그곳에 있었다

또산또스 장미와 나

휘청거리며 샤워를 하고
물이 뚝뚝 떨어지던 머리를
수건으로 감싸고 뜰에 나갔다
머리를 말리며 걸어온 길에 대한
기억을 더듬는 시간
손가락을 빗 삼아 머리를 어루만지면
머리카락 사이로 바람이 오고가고
하늘도 마음껏 드나들었다

젖은 머리카락 사이로
하얀 장미와 눈이 마주쳤다
손이 허공에서 멈췄다
어쩌다가 나는 이곳까지 와서
저 장미와 눈이 마주쳤을까
머리를 말리던 바람이
장미 꽃잎을 흔들고 갔다

밤 아홉시의 다락방 기도회
세계에서 온 순례자들이

모국어로 기도드릴 때도

하얀 장미의 눈빛은 기도보다 강했다

아헤스 마을을 거닐다

당신은 나에게 지극히
고독한 시간만 주신다

아헤스 성당의 닫힌 문을
잠깐 바라보다가
등을 기대던 돌담을 만질 때도
이국의 낯선 마을을 거닐며
말 한 마디 건넬 수 없었던
사람들과 엇갈려 지나갈 때도
고독은 돌처럼 발에 채여서 뒹굴었다
얼마만큼 견디면
외로움도 돌처럼 단단해질까

어느 집 담에
촘촘히 박혀있던 가리비 껍질
한때는 가리비의 속살을
지켜주던 집이었겠지
지켜주던 것이 사라졌다고
껍질이라 불러도 되는 걸까

창가에도 담벼락에도
등불처럼 달아둔
장미 화분, 제라늄 화분
그들은 언제부터 담벼락에
화분을 달기 시작했을까

내가 무엇이건대

이른 아침, 걷다가
이슬내린 풀을 보며
무심코 입안에 고인 침을 뱉었다
돌아서다가 다시
그 풀을 물끄러미 들여다보았다
작은 풀꽃도 피어 있고
이슬도 투명하게 맺혀 있었다
갑자기 미안해졌다
내가 무엇이건대

한참을 걷다가
다시 고인 침을 뱉으려고
길바닥을 보니
흙 속에 반쯤 박힌
돌멩이의 얼굴이 보인다
먼 시간 속에서부터
거기에 존재했을 돌멩이
다시 돌멩이에게 미안해졌다
내가 무엇이건대

풀의 얼굴이
돌멩이의 얼굴이
나를 가득 채운 하루였다

부르고스에서의 저녁

길에서 알게 된 베로니카와 걸었더니 힘들다
역시 나다운 걸음으로 가야 해
다시 혼자가 되어 부르고스 가는 길
방향을 잃고 헤맬 때도
변함없이 믿는 구석이 되어 준 당신
스쳐가는 사람들을 붙잡고 몇 번이고
'산티아고 데 까미노?'를 외쳤다
그렇게 부르고스 대성당 앞에 섰다

오 주님, 인간의 손으로 이런 성당을 짓다뇨
한눈에 들어올 수도 없는 웅장한 성당
나는 주님의 성전에서 무릎을 꿇었다

무니시팔에 배낭을 던져놓고
부르고스 시내에 나를 던졌다
bar에서 맥주를 곁들인 식사를 할 때는
그분의 평화가 나와 마주 앉았다
"마르타야, 너의 옆에 빈자리가

있었던 적은 없단다"

거리에서 만난 성당에 들어갔더니
미사가 시작되고 있었다
스페인어는 몰라도 미사의 은총은 두 배로 컸다
어둑어둑해진 길, 던져둔 배낭이 있는 곳으로
돌아갈 때도 평화가 나와 함께 걷고 있었다

"그럼요, 저는 혼자였던 적이 없는 걸요"

달팽이와 마주 앉다

길에서 만난 달팽이
"너도 등이 무겁구나,
 온 생애가
 네 등에서 움직이는구나"

혼자서 가라고요?

  - 죽을 것 같던 요르니요스 델 까미노 가는 길

혼자 떠나온 길, 끝까지 혼자 걸어가라 하십니다
그 많다던 한국 사람도 내가 걷는 길 위에는
잘 보이지 않습니다

낯선 이국인들 틈에서
밥을 먹고, 자갈 가득한 길을 걸으며
발가락이 꼬이고, 바늘이 발바닥을
찔러대듯 아파옵니다

신발을 벗어
길 위에 던져버리고 싶은 마음을
꾹꾹 눌러 참던 길
얼마나 발을 질질 끌고 갔는지
걸음마다 흙먼지가 눈앞을 가렸습니다

마을에 들어서자마자
맨 처음 눈에 띈 알베르게, 미팅 포인트에
들어서며 오늘은 여기까지야

완전한 준비

절뚝거리다가
발을 질질 끌다가
주저앉고 싶다가
'그 신발을 사 왔어야 했어,
 그 약을 사 왔어야 했어'
하고 중얼거리다가

이 길에서
완전한 준비라는 게 있을까
주님 손 꼭 잡는 것 외에

오리온 알베르게에서 밀린 일기를 쓰다

— 까르프 헤리쯔에서

길 위의 시간은
내 발자국 소리를
들을 수 있어서 좋았다
bar에서든 길가에서든
까페 꼰 레체 한 잔을 놓고
바람과 햇살과 마주 앉으면
나뭇잎이 내 어깨를 스치며
당신 안부를 전해주었다

비빔밥을 준다는 이유만으로
선택했던 오리온 알베르게
넓은 마당가에 앉아
젖은 머리를 만지며
며칠 동안 쓰지 못한 일기를 쓸 때
맥주잔 속에 하얀 거품이
나를 토닥거리고 있었다

버드나무 앞에서

— 프로미스타 가는 길

양쪽에 끝없이 늘어선
버드나무 사이를 걷다가
버드나무 앞에 서서
오래도록 잎사귀들을
쳐다보았다

잎새 부딪히는 소리
서로의 몸을 부딪히며 내는 소리
혼자서는 낼 수 없는 그 소리
서로 닿을 수 있을 만큼의
거리에 있어야 낼 수 있는 소리
오늘 아침 저 소리가
왜 이다지도 발걸음을 잡고 있는지

그림 같은 운하를 따라 걸으며
내가 닿을 수 있는,
내가 닿아있는 곳에는 무엇이 있어
그리 고운 소리를 낼 수 있을까
오래 생각하였다

물집

발가락
발바닥
발뒤꿈치까지
물이 집을 지었다

쑤시고
아플 때마다
그만큼 나는
강해졌다
집이 아니라
내 발에
빌딩을 지어도
나는
이 길을 가리라

돌아가지 않아도 되는 길

고통도 그러합니다
지나온 고통 속으로
되돌아가지 않고
당신께 가는 길만
남겨두고 사는 일
이제는 당신 빈자리를 만지며
사는 것도 살아볼만하다
그리 여겨집니다

사람은 모두
한낱 입김으로 서 있을 뿐이라던
다윗의 말처럼
길 위에서
한 줄기 바람으로, 먼지로
지나갈 뿐인 인생인 걸요

메세타, 그리고 레디고스를 향하여

어젯밤, 끝없이 발을 주무르며
내일은 괜찮아야 할 텐데, 하다가
괜찮을 거야, 중얼거리며 잠이 들었습니다
아침에 신발 끈을 조이며 배낭을 메고 일어섰더니
가볍더군요 저녁이면 죽을 만큼 힘들다가
아침이면 다시 걸을만해지는 힘이 어디서 오는지
나는 알고 있습니다 오늘도 당신 함께입니다
두려울 때마다 나를 지켜준 무기는
이름 없는 순례자의 예수기도
'주 예수 그리스도님, 이 죄인에게 자비를 베푸소서'
몇 시간이고 그 기도를 붙잡고 걸어갔습니다
끝이 없을 것 같은 메세타,
내 몸 하나 숨길 곳 없는 황무지 길에
뜨거운 햇빛이 쏟아지고
십사 키로가 넘는 일직선의 길을
마치 러닝머신을 하듯 걸었습니다
빵 한 개, 과일 한 조각으로
팔 킬로 배낭을 메고 걸을 수 있는 길이 아님에도
나는 어찌 그 길을 지나올 수 있었을까요
그 길에서 날마다 기적을 보았습니다

나의 등 뒤에서

  – 까리온 데 로스꼰데스 가는 길에 만난 천사

흔들리며 피는 꽃이라지요
흔들리며 걷다가
이 흔들림이 어떤 꽃으로 필까
생각해 봅니다

휘청거리는 몸을 이끌고
길 가에 있던 조그만 집으로 갔죠
굳게 잠긴 문에 달린 쇠창살을
들여다보니 놀랍게도
십자고상 위에 당신이 계셨습니다
"주님, 더 이상은 못 참아요"
쇠창살을 붙잡고 중얼거릴 때
"얘야, 나도 이렇게 아프단다"

양말을 벗었더니 내가 내 발이 겁나서
만질 수가 없습니다
그때 기척도 없이 다가오던 사람들
만질 수도 없던 내 발을 만지며
약을 바르고 붕대를 감아 주며

내일까지 발에 물을 넣지 말라고 합니다

당신은 두 손, 두 발을
십자가에 묶어 놓고도
온 세상을 움직이시네요

복된 나의 짐이여

배낭을 메기 위하여
배낭을 들어 올릴 때는
무거움에 비명을 지르며
다시 내려놓고 싶다

그러나
배낭을 메고 걸을 때는
무겁다는 생각
남에게 맡겨야겠다는 생각
한 번도 해보지 않았다

먼지투성이 배낭은
어느 새 나와 한 몸이 되어
내 등짝이 집이었다
배낭 안의 짐처럼
그분께서 내게 주신 일들도
나, 충분히 감당할 수 있었던
일은 아니었을까

내가 울던 고통의 날들은
그분의 나라로 길을 내기 위한
아름다운 통로가 아니었을까

오르막길

숨이 가쁘다
오르막을 올라가는 걸음마다
힘에 겹다
그때 그 고통을 견디던 순간처럼
숨이 차다
가쁜 숨을 토해내며 돌아보니
저 아래 평지 길을
걸어오는 사람들이 보였다

지금 평지 길을 걷는 사람들을
부러워하지 말라
그들도 곧 이 오르막을
오르게 될 것을

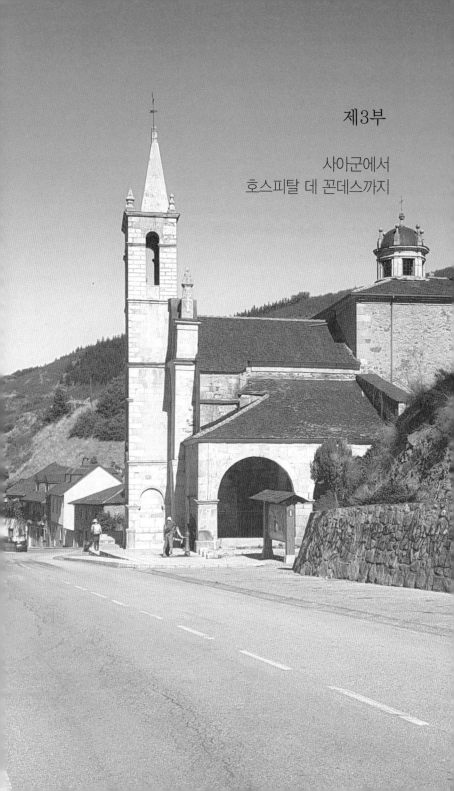

제3부

사아군에서
호스피탈 데 꼰데스까지

노을 속에서 커피를

― 엘 부르고 라네로에서

삼겹살구이와 감자볶음을 주니까
다비데가 저녁식사에 초대하며
스파게티를 만들어 주었다
스파게티는 무척 싱거웠다
노을빛도 넣고 그날의 분위기까지
넣었지만 접시를 다 비우지는 못했다
우리는 디저트로 준비한 세 개의 커피 잔을 들고
알베르게 앞 노을 속에 앉았다
나는 이탈리아 말을 모르고
다비데와 로베르따는 한국말을 모른다
이곳에서 언어는 그 목적을 상실하고
웃음이 공통어가 된 지 오래였다
더듬더듬 한 마디에 웃음을 터뜨리고
노을 속의 어깨동무가 정다웠다
'건배'를 가르쳐 주니 '브라보'를
가르쳐주던 다비데와 로베르따
이탈리아 사람도 한국 사람도 아닌
순례자로 만나서 동행했던 우리
지금쯤 밀라노에서
아름다운 커플로 살고 있겠지

커피와 함께 이 길을

라네로에서의 오후였다
일기를 쓰는데 옆에서 프랑스 남자가
커피를 끓였다 커피 향에 사로잡혀
자꾸 훔쳐보던 나에게 건네주던 커피
연거푸 두 잔을 얻어 마시고
똑같은 커피 한 병을 샀다
내 배낭이 아무리 무거워도
나는 너를 버리지 않으리라
너와 함께 이 길을 가리라
함께, 라는 한 마디로
견딜 수 없던 날들을 견딘 적도 있었지
그날부터 길을 떠나기 전 새벽에는
언제나 커피향이 나와 함께였다
내 길에 조금씩 향기가 스며들기 시작했다

메세타, 나의 광야여

  - 만시아 데 라스 물라스 가는 길

끝이 없을 것 같은 메세타
길 양쪽으로 황무지다
똑같은 풍경의
똑같은 일직선의 길이
끝없이 이어졌다

붉은 흙, 붉은 돌멩이의
땅을 지나
가끔 넓은 옥수수 밭을 만났다
말라비틀어진 옥수수가
물구나무를 서고 있으면
나도 물구나무 선 옥수수 같았다

얼마나 남았을까,
남은 거리를 가장 자주 확인했던 길
내가 확인하고 싶었던 건
이런 게 아니었는데
이런 게 아니었는데
나의 약점을 송두리째 들킨 길
메세타, 나의 광야여

거대한 외로움

오늘 넓은 들판에
혼자 서 있는 나무를 보았다
숲이라 부를 수도 없고
숲이 될 수도 없는 키 작은 나무
추수 끝난 들판에 꼭지점처럼
서 있었다

어디서부터
떨어져 나온 생명이길래
어느 곳을 떠돌다
저 곳에 자리 잡았을까

뿌리내린 땅에서
뿌리째 뽑혀지고 싶은 날이
저 나무에게도 있었을까

레온에서 축제가 되다

레온은 축제 중이었다
소와 마차의 행렬, 그리고
전통복장의 스페인 사람들 속에 섞여
나도 축제가 되었다
먼 길을 걸어온 순례자들도
그 풍경 속에서 잠시 숨을 돌렸다

레온 대성당에 들어서는 순간
쏟아지던 스테인드 글라스의 빛
세상에, 대성당을 지은 돌 개수보다
스테인드 글라스 유리조각이 더 많다니

백 스물 다섯 개라는 창마다
품고 있던 빛깔의 중심에 내가 섰다
당신의 전 생애가 사랑임을
스테인드글라스 빛깔로 다시한번
가슴에 새기는 순간
사랑보다 미움을 먼저 헤아리던 삶이
저만치서 무릎을 꿇었다

당신을 온전히 따른다면
나에게 남은 삶은
저리 고운 빛 속에서
날마다 축제가 되겠지요

잘못 선택한 길
　— 산 마르틴 데 까미노로 가던 길

황톳길을 지나 아무리 걸어도 목적지가 나오지 않았다

물은 이미 바닥나고 까페 꼰 레체 한 잔과 빵 한 개,

사과 한 조각이 오늘 내가 먹은 전부였다

길 끝의 소실점을 바라보며 걷고 또 걸어도

일직선의 길은 끝이 없었다

길 양쪽에서 내 키보다 두 배로 자란 옥수수가

끝없이 늘어서서 따라오고 있었다

바삭 마른 옥수수 잎을 보니

뜨거운 햇빛 아래 내가 그만 바스라질 것 같았다

길 끝에 이르면 마을은 없었고

또 다른 길이 시작되었다

어디서부터 무엇이 잘못되었을까

레온시내를 빠져나올 때 있었던 갈림길에서

내가 길을 잘못 선택했다는 것을 깨닫는 순간

다시 한 번 나의 가벼움, 모자람을 탓하며 머리를 쳤다

삶 속에서 나는 언제고 오늘의 이 길을 생각하리라

깊이, 충분히 가늠하지 않고 선택한 길이

어떠하다는 것을 기억하리라

바삭 마른 옥수수와 함께 걸었던 길

물도 없고 양식도 없이 두려움에 떨던 순간

그 길 맞은편으로 마중 나오던 당신 천사를

나는 오래도록 기억하리라

길이 들려주는 말

탁, 탁, 탁
새벽 어둠 속에 길을 나서는
순례자들의 등산 스틱이
땅을 두드리는 소리를 들으며
나는 골목길을 빠져 나간다

오늘 걸어갈 길은
어떤 말을 건네 올까

내 삶에서
귀 기울이지 않고
지나쳐 버린 고귀한 순간들이
길 위에 불던 흙바람처럼
내 눈을 맵게 한다

허공에 손을 내밀다

걷다가
끝없이 걷다가
아무도 모르게
허공에 손을 내민다

떠났다고 믿었던
모든 것들이
그 손을 마주 잡았다

내 손을 잡고
내 손등을 톡톡 두드리며
그래, 그랬지

등 뒤에
감추고 다녔던 손을 내밀자
허공은
모든 것이 존재하는
기억의 땅이 되었다

아스또르가, 아름다운 거리에서

손에 가진 것 없고
등에 진 것 없는 자유로움이
얼마나 좋은지, 어쩌면 그것을 깨닫기 위해
여기까지 왔는지도 모른다

길에서 만난 사람들과
한 번도 먹어본 적 없던
올리브를 씹으며
거품이 철철 넘치던 잔을
공중에서 부딪치며 밤하늘을 보았다
저 별들이 다 떨어져야
산티아고에 도착할지도 모른다고
그런 막막함으로 걸어온 길이
어느 덧 아스또르가에 이르렀다

내 발을 치료했던
호주의 물리치료사에게 축복을
내 발에 붕대를 감아주던
어느 프랑스인들에게 축복을

길에 쪼그리고 앉아서 내 발을 치료하던
여수사람에게도 축복을
쉬지 않고 걸어온 내 몸의 가장 낮은 곳,
두 발에게도 축복을

라바날

 – 그레고리오 성가 그리고 일몰 속의 산책

베네딕도 수도원의 동굴 성당
순례자들 틈에서 숨죽이며 들었던
그레고리오 성가는
지친 등을 토닥이던 그분의 음성

마을 사람들은 다 어디로 갔을까
어느 집 창가에 달린 초록 덧문을 만지며
골목마다 나를 영접하던 돌담을 만지며
길 위에서 보낸 한 달을 생각했다

돌담 앞에 앉아 노래하던 순례자들
그들의 백발과 청바지 그리고 기타
저것이면 충분하지 않은가
곡이 끝날 때마다 박수를 보내며
나도 저렇게 늙어가야지
내 생에 지키고 싶은 약속 하나를
더 적어 넣었다

골목마다 어둠이 내리고

가로등이 혼자 남아
마을을 지키던 그 곳, 라바날

폰세바돈에서 해를 기다리다

어둠 속에 라바날을 떠났다
나무, 길, 바람이 모두 까만색
그 속에서 연거푸 숨을 몰아쉬며
산길을 올라갔다

순례길 중에 가장 높은 곳
해발 천오백 미터가 넘는다는
산 위의 마을 폰세바돈을 향하여

먼저 당도한 순례자들은
담장 위에서, 길 위에서
모두가 한 곳을 바라보며
침묵 또 침묵, 해를 기다리고 있었다
나는 눈치 채지 못하게
그들의 얼굴을 보았다

나, 여기서 그대들과 함께
해를 기다렸고

이 시간이 지나면
다시는 눈 맞출 수 없는 해와
잠시 눈을 맞추었던 일을
부디 기억해 주기를

몰리나세까, 철십자가를 지나서

높은 철십자가 아래
순례자들이 걸어두고 간
물건들이 나부끼고 있었다
곱게 수놓았던
당신과 나의 이름은
그곳에 걸지 못했다

눈부신 태양이 지나가면
곧 깊은 어둠이 오리라
그 어둠 속에 차마 우리 이름을
둘 수가 없었다
어둠의 한가운데를 지나는 바람이
당신과 나의 이름을
펄럭이게 할 수는 없었다

급경사의 자갈길을 지나
앙구스티아스 성당 앞
순례자의 다리에 서서
성 니콜라스 성당을 바라보았다

산을 넘어온 고달픔을 벗고
거룩함의 옷을 선사받은 듯
나의 하루는 당신 은총으로 가득했다

해바라기 밭을 지나가며

처음엔 그저 시들어간
꽃인 줄 알았다
세월 속에 오롯이
자신을 박제시킨 줄 알았다
누군가 걸어올 길을 향하여
끝없이 서 있던 해바라기 행렬
그것이 기다림의 끝인 줄 알았다

노란 빛이 사라진 마른 꽃잎이
먼 길을 걸어 온 내 발자국 소리에
일제히 귀를 기울였다

그들은 시든 것도
박제된 기다림도 아니라
이 길을 지나간 수많은 발자국을 들으며
조용히 익어갔을 뿐

폰페라다, 템플기사단 성 앞에서

이천 년 전부터
사람이 살았다는 폰페라다
순례자를 보호하기 위하여
템플 기사단이 지었다는 성 앞에서
커피를 마신다

끝이 보이지 않는
저 성벽을 쌓아올린 돌은 몇 개나 될까
길고 긴 세월 속을 순례하며
내 앞에 서 있는 템플 기사단 성
그 성문 앞에서 그들이 살았을 세월을
기웃거려 보았다

내 순례 길에
중세의 기사는 없었지만
템플기사단이 쌓은 성벽의 호위를 받으며
폰페라다를 지나간다

호스피탈 데 꼰데스의 저녁

당신 코펠에 커피 끓일 수 있을까요
나의 한 마디에 저녁을 먹고 있던 코펠을 비워서 씻고
손수 불 위에 물을 올려주던 덴마크 남자
그 남자의 코펠에 커피를 끓여서
알베르게 문 앞 벤치, 그 남자 옆에 앉았다
코펠에 든 커피를 내려놓고 보니 꼭 사약 같다
덴마크 남자가 발은 괜찮은지 물어보며
행주를 갖다 준다 뜨거우니 행주로 싸서 마시란다
이 남자와 나는 몇 분의 몇의 확률로
이 시간, 이 곳에 나란히 앉게 됐을까
덴마크 남자의 친절이 꼭 당신을 닮은 듯하여
가슴이 저렸다
멀리 보이는 산의 눈매가 조금씩 붉어지고 있었다
산을 넘어오고 굽은 길을 멈추지 않고 걸어온
발의 통증을 가만가만 달래며 앉아 있는 시간
빨랫줄이 흔들리며 빨래가 말라갔다
산 너머 일몰이 혼자 꺼내보던 그때의 시간처럼 쓰라린데
덴마크 남자가 조용히 '뷔우리플' 한다
나는 그 말을 들으며 두 손으로 코펠을 들고 사약을

마셨다 당신 목소리, 당신 몸짓을 향한 울음이
저 붉은 눈매의 산을 넘어가고 있었다
다시 사약을 마셨다 내 삶의 어느 곳을 고쳐 쓰면
나도 내 삶에게 '뷔우리플' 그렇게 말해 줄 수 있을까

가여운 내 발이여

가여운 내 발
내 생애여
너를 껴안고
주물렀던
결코 단단해질 수 없었던
내 생애여

당신을 만나는 시간

앞뒤로 사람이 아무도 없다
앞을 봐도 뒤를 봐도
당신이 보이지 않던 그 순간처럼

여자 혼자 배낭하나 메고
호젓한 이국의 산길을 걷는다는 건
두려움이다, 그리 말할 수도 있겠지만
그것은 고요 속의 내 영혼이
당신을 만나는 시간

나의 하느님
그분을 향하여
매순간 손을 내밀며
나는 마음 놓고
그 길을 지나올 수 있었다

오늘도 내일도
그 다음 날도
내 길을 가리라 _____ 최 옥 · 산티아고 순례시집 _____

제4부

호스피탈 데 꼰데스에서
산티아고 데 콤포스텔라로

나는 순례자

걸어온 길을 돌아보았다
다시 저 길로 돌아가지 않아도 됨이
얼마나 감사한가
아침이면 당신 이름을 부르며 일어섰고
발바닥이 떨어질 것 같아도
당신에 대한 간절함으로 걸었다
죽을 것 같이 힘든 밤,
침낭 위로 담요를 끌어당기며
아직 살아보지 않은 내 삶을 향하여
놓아 보내야 할 것들을 생각했다
걷다보면 낡은 수도복을 입고
지팡이를 짚고 너덜거리는 신발을 신은
중세의 순례자가 내 옆에서 함께 걷기도 하고
아무도 모르게 허공에 손을 내밀면
당신이 살며시 그 손을 잡아주었다

까스떼야 가는 길, 밤이 툭툭 떨어지고

가을이 한창인 산길에
밤이 지천으로 떨어졌는데도
주워가는 사람이 없어
낙엽이 반, 알밤이 반이었다
이 나라 다람쥐들은 참 행복하겠다
굵은 알밤이 발 앞에 툭툭 떨어질 때마다
그 밤을 모조리 주워서
배낭을 그득하게 채우고 싶었다
그러나 가볍게 지나치는 법도
이 길에서 배운 것

그 산길에는 낙엽과 알밤과
내가 버리고 온 욕심이
함께 뒹굴고 있겠지

내가 소유한 것

고통은 온전히
나 혼자의 것이다
그리 생각했을 때 나는
지극히 혼자였다
그 고통, 차라리
사랑해 버리자고
입을 맞추었더니
고통의 모서리가
부드러운 동그라미가
되었다

고통의 중심에
그분이 계셨다
하느님을 소유한 사람은
모든 것을 소유한 것이라던
성녀의 말씀처럼
나, 모든 것을 가졌기에
비로소 가벼워졌다

온전히 혼자여서
완전히 함께였다

사모스 수도원에서 머물다

루시오를 지나치는 바람에
사모스까지 가야 했다
하염없이 걷고 또 걷는다
몇 개의 마을을 더 지나고
언덕을 넘어가던 어느 순간,
거대한 수도원이 한눈에 들어왔다
언덕에 서서 입을 벌린 채 바라보던
사모스 베네딕토 수도원

사리아 강가, 저 거대한 벽 속에
전 생애를 가두고 살다 간
수도자들의 사랑법을 생각하며
수도원의 길고 긴 벽을 따라 걸었다
그들이 가두었던 것은 아무것도 없었다
온전히 버림으로 얻었을
완전한 자유가 살던 곳
오늘밤 이곳에 내 몸과 영혼을 의탁한다

침대는 낡았고 추웠지만

천장에는 천지창조의 순간이 있었다
태초의 숨결이 내 안에서
고른 숨을 쉬기 시작했다

내 생에 다시 걸을 수 없을 것 같은

　- 바르바데로 가는 길

아무도 없는 산길이었다

소가 움직일 때마다 뎅그렁 방울소리

풀이 움직이고 나뭇잎이 떨어지는 소리

물 흘러가는 소리 그 가운데를

혼자 걸어가는 내 발자국 소리

평생 그 마을을 떠나보지 못한 것 같은

할머니를 만났을 뿐

때로는 자전거를 탄 순례자들이 지나가고

때로는 말을 탄 순례자들이

손을 흔들고 지나가면

다시 내 발자국 소리만 그득한 산길

내 머리카락도 세어두신 그분께서

지금 나의 걸음 수도 헤아리고 계실까

붉은 십자가의 가리비조개를 달다

　– 바르바데로에서

야고보 성인을 기억하며
붉은 십자가의 가리비 조개를 달았습니다
부활성야 미사 때 요한신부님이 주신
나무십자가를 배낭 중심에 달고 떠나온 길,
그 십자가 옆에서
걸을 때마다 가리비조개가 조용조용 흔들리며
배낭 속의 짐을 달래고 있었습니다

미뇨 강을 건너 뽀르또마린으로

갈리시아 지방은 돌이 많았다 굴러다니는 돌을
쌓아올리니 벽이 되고 집이 되고 지붕이 되었다
내려놓고 가자했던 가슴 속 돌들도
어쩌면 내 삶의 벽이 되고 집이 되고 지붕이 될 수 있을까

미뇨강의 다리는 높고 길었다 그 다리를 지나가는데
나도 모르게 다리가 후들거렸다 다리 하나 건너는 일이
이다지도 두렵고 떨리다니, 내 삶속의 다리를 건널 때도
나는 소리 없이 떨곤 했다

다리 건너에서 뽀르또마린의 풍경이
나를 달래며 기다리고 있었다 두려움은, 떨림은
어느 새 설레임으로 변하기 시작했다

안개의 마을, 뽀르또마린을 떠나며

물안개가 미뇨강을 하얗게 덮고 있었다
새벽어둠을 하얗게 칠하고 있었다
안개 속을 앞서 걸어가는 이들이
망토를 입고 밤의 어둠 속으로 사라지던
[죽은 시인의 사회] 회원들 같았다
시를 쓰기 위해서도 아니고
눈물을 숨기기 위해서도 아닌데
뽀르또마린의 안개를 뚫고 나온
내 얼굴에서 물방울이 뚝뚝 떨어졌다

산티아고, 백 키로 전

순례자들이 감동한다는
산티아고 백 키로 전 표지석 앞에 섰다
앞서간 사람들이 남겨둔
낙서의 흔적들이 따뜻하다

나는 남아있는 백 키로의 거리를
한번 쓰다듬어주고 지나왔을 뿐
어느 집 담벼락에 걸터앉아
빵을 먹었을 뿐
지나온 칠백 키로와
남아있는 백 키로의 무게가 같았을 뿐

까페 꼰 레체와 크로와상

 - 발라스 데 레이에서

빵과 치즈가 맛있다는 발라스 데 레이 마을에서
새벽어둠을 바라보며
까페 꼰 레체와 크로와상을 먹는다
이름 모를 순례자들의 배낭과
그들이 세워둔 등산 스틱을 보며
길을 생각했다 길은 어떤 힘을 가지고 있는가

아이를 가슴에 묻고 왔다는 아버지
삶의 방향을 결정하기 위해서 온 사람들, 그리고 나
우리는 이 길에서 구르는 돌, 나부끼는 풀잎 하나에도
가슴에 손을 얹었다 누군가 표지석 위에 얹어두고 간
돌 하나에도 함께 가슴이 무너졌다

그래, 이 길을 다 걷고 나면
내가 좀 더 충만해질 거라고 말해주던
프랑스 남자가 있었지
발라스 데 레이 성당에서 촛불을 봉헌하고
길을 나섰다 오늘도 길은 멀다

세상의 모든 길을 보다

그 누구도 내 발걸음에
자기 걸음을 맞춰주지 않았다
그 누구에게도 내 발걸음을
맞출 수가 없었다

그렇게 걸으며
많은 길을 만났다
호젓한 산길부터
황톳길, 자갈길, 들길, 고속도로, 아스팔트
좁은 길, 넓은 길, 진흙탕길,
완만한 길, 급경사의 아찔함까지
길이 없을 것 같은 데서도
길이 나왔다

사람들 마음속에
들어 있는 길도 이처럼 많았다
스쳐가는 사람들의
반쪽 얼굴에서
세상의 모든 길을 보았다

이름 없는 순례자의 기도

기도를 잘 모르는 내가 어느 날
'주 예수 그리스도님, 이 죄인에게 자비를 베푸소서' 라는
예수기도를 알게 되었다
나는 당신 이름이 온전히 들어간 이 기도를 사랑했다
이것은 순례 길에서 나를 지켜준 가장 강한 무기
약간의 두려움만 스쳐도 이 기도를 붙잡고
길에서 벗어나지 않았다
아무도 나의 안전을 침범하지 못했다

이소강 다리 아래서

 – 리바디소 다 바시오 마을

길에서 묻어온 흙먼지를 말끔히 씻고도
씻어낼 수 없던 발바닥의 화끈거림을 달래고자
아치형 다리가 아름다운 이소 강으로 갔다
잔잔하게 물이 흐르는 강가에서
아름다운 청년 하나가 글을 쓰고 있었다
"아 유 코리언?"
"예스"
더 이상 물어볼 것도 대답할 것도 없어
강물에 발바닥을 담갔다
화끈거리는 발바닥과 얼음 같은 강물이
서로를 어루만지고 있었다
불은 불을 잠재울 수 없는 것처럼
다른 두 세계가 서로를 달래고 있었다
강물에 발을 담근 채 아치형 다리를 바라보았다
조금 전 내가 건너온 다리
지금도 건너가고 있는 저 순례자
얼마나 많은 순례자들이 저 다리를 건너갔을까

산티아고, 당신을 향하여

사람에게는
들키고 싶지 않았던 일들을
길에게만 이야기했다
나에게만 귀를 열어주던 길은
간간이 방향을 바로잡아 주었다
'저쪽으로 가야 해'

허름한 침대일지라도
그날 주어진 잠자리에
백 번 감사하고
입에 맞지 않는 음식도
달게 먹으며
배낭 속의 짐을 끌어안았다

이 길의 끝에 당신이 있다기에
걷고 또 걸을 뿐이었다

세상의 모든 허공이

우리가 함께
만들고 싶었던 풍경을 향하여
아무도 눈치 채지 못하게
허공에 내밀었던 손
그 손은 모든 것을 기억하고 있었다

타고 남은 당신 **뼈**를 보며
절규하던 절망은
인간이 드릴 수 있는
가장 큰 겸손이었다는 것
영원한 생명으로 가는
하나뿐인 길이었다는 것
이제야 알았다

세상의 모든 허공이
당신 존재로 그득한
충만함이라는 것
지금에야 알았다

말도, 몸짓도 부질없는 것
살아가며 잠시 허공을 향하여
손을 내밀 때 그 손을 마주
잡는 당신을 느낄 수 있다면

순례 마지막 날, 눈물을 쏟다

순례 마지막 날, 드디어 빼드로우소를 떠나
최종목적지 산티아고 데 콤포스텔라로 가는 날
십 키로를 걸었을까 건널목을 건너다가
눈물을 쏟았다 멀고도 멀었던 길을 지나오며
한 번도 울지 않았던 울음이 그곳에서 터졌다
'우리 자유로움 속에서 더 큰 사랑으로 만나자'
당신에 대한 간절함으로 걸었던 길
나의 안위를 오직 그분께 맡기고 걸었던 길
오늘도 내일도 그 다음날도 내 길을 가리라

빛, 그리고 희망

나의 고통이
당신 말씀과 만나서
빛이 되던 그 때처럼
나의 절망이
이 길과 만나서
희망이 되었습니다
큰 사랑이 되었습니다

산티아고 데 콤포스텔라에서

그렇게 나는
산티아고 대성당에 도착했습니다
야고보 성인이시여
별의 들판이여
나의 절을 받으소서

보수 중인
거대한 성당 앞에서
여전히 보수 중인
내 마음을 보았습니다
이곳을 향하여
걸어온 길처럼
그렇게 남은 생을
살아가면 되겠지요

나의 모든 걸음을 함께 해준
등산스틱을 최종목적지에
꽂으며 걸어온 길에
마침표를 찍습니다

이 마침표는 새롭게 걸어갈
내 삶의 길에 시작점이 되겠지요

가리비 조개와 노란 화살표

첫 걸음부터 끝 걸음까지
가리비 조개와 노란 화살표를
따라 왔다
어느 곳을 지나든
가리비조개와
노란 화살표만 보이면
두렵지 않았다

그렇게 걸어온
순례 길 마지막 날
그분께서 주신 메시지는
절대중심
절대중심을 향해서 가면
혼란도 방황도 절망도
전혀 없으리라

나의 절대중심, 하느님
찬미 받으시고 영광 받으소서

당신을 바라보고 있는 이 시간

예수님, 당신을 바라보고 있는 이 시간
평생 잊지 않게 하소서
예수님, 당신을 바라보고 있는 이 시간
평생 은총이 되게 하소서
예수님, 당신을 바라보고 있는 이 시간
평생 나의 절대중심이 되게 하소서

내가 가장 고통스러웠을 때
나의 영혼은 가장 맑았습니다

오늘도 내일도
　　　그 다음 날도
내 길을 가리라　　최 옥 · 산티아고 순례시집

제5부

그리고,
피니스테라에서 묵시아까지

세상의 끝, 묵시아 등대

묵시아에 내렸을 때는 비바람이 불고 있었다. 숙소를 찾아가서 배낭을 내려놓으니 비로소 몸도 마음도 가벼워 졌다. 창문을 열자 육지에 상륙해 있던 파도소리가 와락 달려들며 내 가슴에 눈물방울을 뿌렸다. 품안 가득 파도를 껴안고 깊은 숨을 내쉬었다. 나는 왜 고요한 바다보다 이렇게 들끓는 바다가 좋을까, 왜 온 몸을 뒤척이는 바다, 자신을 송두리째 드러내는 바다가 더 좋은지 모르겠다. 그래서 태풍이 오는 날은 접근 금지의 바다로 달려가고 싶어진다. 태풍속의 바다는 어떤 표정이 되는지 내 눈으로 직접 보고 싶었던 것이다.

나는 드디어 묵시아로 왔다. 800km 산티아고 순례길, 그 먼 길을 걸어서 마지막 여정으로 묵시아 바다를 찾아 온 것이다. 산티아고 순례길을 걷겠다고 계획을 세운 것도 나 혼자였고 '사랑하는 아이들아'로 시작하는 유서를 써 놓고 비행기를 탈 때도 혼자였다. 세상의 모든 길을 모아 놓은 듯 다양한 길과 다양한 사람들을 만나며 걸을 때도 혼자였다. 처음 그 길을 걷겠다고 했을 때 "아니, 여자 혼자서?"라는 표정으로 주변사람들은 하나같이 눈을 커다랗게 떴다. 외국여행 경험도 없고 언어소통도 안 되는 중년의 여자가 그 먼 길을 혼자 걷겠다고 했으니 그럴 만도 했다.

　하지만 내가 선택한 길을 묵묵히 걸어갔다. 바늘로 찌르는 것 같은 발바닥의 고통을 참으며, 혼자라는 두려움과 외로움을 고스란히 견디며 걸어갈 때 아무도 내 발걸음에 자신의 걸음을 맞춰주지 않았다. 그 길을 걷는 사람들 모두가 자신의 걸음대로 묵묵히 걸어갈 뿐이었다. 그렇게 37일간의 일정을 마치고 대륙의 끝이라는 피니스테라 등대 앞에 섰을 때, 세상에는 말로 표현할 수 없는 것이 마음속에만 있는 것이 아니었다. 대륙의 끝이 저 끝없는 대서양을 향하여 눈을 돌리고 있었다. 몸서리가 날만큼 거대한 해안절벽을 보며 나는 그만 말을 잊었던 것이다. 그곳에 서 있던 피니스테라 등대는 세상 어디에도 없는 아름다운 자리, 외로운 자리, 누구도 대신할 수 없는 자리를 홀로 지키고 있었다. 그 등대를 보고 있으니 마치 세상에서 가장 아름다운 눈을 보는 듯 했다. 나라는 존재가 한없이 부족하고 보잘 것 없었지만 내 삶의 자리를 어디에 둘 것인지를 뚜렷이 생각했던 순간이다. 그리고 일정에 넣지 않았던 묵시아 바다를 보고 가야겠다는 생각이 들었다. 말로만 들었던 작고 예쁘다는 어촌 마을, 묵시아. 그곳에서 아름답고 고단했던 나의 여정을 마무리하리라 다짐했다. 두고 온 것도 없고 만나볼 사람도 없었지만 소중한 것을 두고 온 사람처럼 나는 묵시아를 찾아 온 것이다.

파도소리를 들으며 잠이 들었고 파도소리에 잠이 깼다. 밖으로 나가니 지난 밤 비의 흔적은 없었고 해맑은 아침이었다. 하늘에 구름이, 진부한 표현이지만 아이들이 하얀 솜을 뜯어서 방금 붙여 놓은 것 같다고 정말 그리 말할 수밖에 없었다. 파도는 알맞게 철썩였고 물빛 역시 하늘을 닮아 있었다. 그 바닷가에서 순례자들이 감동한다는 0.00km 표지석을 만났다. 800km부터 시작하여 0.00km까지, 이제 더 이상 걸을 곳도 없고 나아갈 곳도 없다는 표지석이다. 벗어나고 싶었던 상황, 잊고 싶었던 일들, 두고 온 문제들을 이 0km 표지석 앞에서 다시 떠올렸다. 0km라는 건 다 왔다, 혹은 끝이라는 의미보다 다시 일상 속으로 돌아가야 된다는 것이고, 내가 걸어가야 할 삶의 시작 지점이었다. 이제 받아들일 것은 받아들이고 버릴 것은 과감하게 버린다면 해결할 수 없는 문제들은 없을 것이다. 지난 37일간 하루도 빠짐없이 지고 다니던 배낭처럼 내 삶의 무게를 기쁘게 지고 간다면 두려울 것은 없었다.

언덕에 올라가니 마을이 한눈에 보였다. 푸른 바다는 쉬지 않고 마을을 향하여 달리고, 마을의 집들은 높고 낮음의 다툼 없이 거의 오렌지색 지붕이었다. 묵시아 바다가 아름다운 이유는 고층 건물이 없고 함께 사는 사람들의 집이 서로 닮아 있었기 때문이다. 그 언덕 꼭대기에서 두 손을 활짝 펴며 그의 빈자리를 잘 견뎌준 내 삶을 향하여 큰소리로 만세를 불러 주었다. 그리고 산책길을 따라 내려가니 예전에 있었던 기름유출사건을 기억하자는 기념비가 서 있었고 그 아래 바닷가에는 성모성당이 있었다. 파도가 침범하는 곳에 지어진 성당이라니, 신비롭고 특별한 매력이 느껴졌다. 몇 백 년 세월의 무게를 담고 있는 성당의 돌벽을 만지며 나의 삶을 돌아보았다. 인생이 둥글둥글 둥근 것이라면 내 인생의 시간도 3분의 2는 돌아왔겠지.

성당에서 눈을 돌리니 저만치 떨어진 곳에 묵시아 등대가 보였다. 묵시아 등대는 어느 각도에서 보든 아름다운 배경이 되었는데 사람들은 모두 등대를 등지고 사진을 찍었다. 나는 둥근 기둥처럼 하얗게 서 있는 등대를 향해 천천히 걸어갔다. 바다는 아름다웠고 갯바위 속의 등대도 덩달아 아름다웠다. 등대를 잠시 올려보다가 등대에 기대어서 눈을 감았다. 어쩌면 나는 이 등대에 기대려고 그 먼 길을 걸어왔는지도 모른다. 등대 옆에 앉아서 오래도록 바다를 바라보았다.

바다 건너편에 있는 먼 산에서 알 수 없는 신비로움이 느껴졌다. 저곳에 무엇이 있든 멀어서 갈 수는 없겠지, 체념하면서도 그 산에 있을 무언가가 그리워졌다. 이곳에 있으면 저곳이 그립고 저곳에 있으면 이곳이 그리워지는 것이 삶의 이치인가 보다. 멀다고 체념한 저 산보다 더 먼

곳에 있는 당신, 당신이 이 세상에 있다면 저 산 너머, 아니 그 너머에 있다 해도 나는 찾아갔을 것이다.

등대 옆에 앉아서 발을 내려다보았다. 이 작은 발, 하얀 붕대를 훈장처럼 감고 있는 발, 이 작은 보폭으로 800km에 발걸음을 찍고 온 것이 흐뭇하여 처음으로 나 자신에게 박수를 쳤다. 나는 왜 그 길을 걸어야 했을까. 그 길을 걷고 나면 당신이 떠난 후 멈춰버린 나의 일상들이 다시 시간 속으로 흐를 수 있으리라, 그리 믿었다. 신발 끈을 풀고 등산화를 벗었다. 많이 걸어서 아직도 욱신거리는 발, 다 아물지 못한 발의 상처가 비로소 편안해졌다. 아침마다 신발 끈을 묶으며 배낭을 메고 나섰던 지난 37일이 꿈만 같았다. 배낭이 무거워서 힘겹다고 여겨지면 배낭 속의 물건들을 모조리 꺼내놓고 버릴 것은 없는가, 쓸데없이 지고 다니는 것은 없는가를 살피고 또 살핀 날들이다. 그러면서 마음 안에 부질없이 자리 잡고 있던 생각들도 하나씩 버려졌다.

파도가 바위에 부서져서 하얀 거품이 되고 하얀 거품이 되었던 파도는 다시 푸른 바다가 되기를 거듭하고 있었다. 삶이란 바다 같다는 생각이 들었다. 이 세상의 모순에 대항하여 끝없이 부서지다가 어쩔 수 없이 다시 세상 속으로 들어가는 나. 그래, 이 바다를 만나기 위해 그 먼 길을 걸어왔다고 생각하자. 이 바다에 아직 버리지 못한 마음 속 돌멩이들을 던져버리고 가자.

묵시아 바다에 던져 둔 내 눈빛이 긴 선을 그리고 있었다. 등대 앞에서부터 시작된 선은 끊어지지 않고 계속 이어져서 어느 새 우리나라, 내가 사는 부산바다에까지 닿았고 내가 자라던 유년의 바다 통영에까지 닿았다. 그리고 마침내 당신과 나의 바다에도 가 닿았다. 지금 나를 향해 쉬지 않고 달려오는 파도는 혹시 나를 키웠던 그 바다를 알고 있을까. 당신이 바라보았고 당신 눈길이 닿았던 그 파도는 아닐까.

다시 당신이 그립다. 당신과 함께 이 등대에 기대고 앉아서 저 바다를 보고 있다면 얼마나 좋았을까. 언젠가 기장에서 바다를 바라보고 서 있던 당신의 그윽한 눈빛, 몸짓, 표정이 연달아 생각났다. 그립다는 건 아프면서도 기쁘고 아리면서도 행복하다. 당신이 언제나 내 기억 속에 함께 있어서 그래도 이 세상 살아갈 만한 거지. 이제는 당신이 나의 등대라고 여기며 살게. 내 삶의 바다를 지켜주는 등대라고 여기며 그렇게 살아갈게.

고개를 돌려 보니 가까운 곳에 외국인 여자 하나가 나처럼 혼자 갯바위에 앉아서 바다를 보고 있었다. 이제 막 순례길을 마치고 온 듯 옆에는 커다란 배낭을 내려두고 신발 끈을 푼 채 벗어둔 등산화도 보였다. 그녀가 걸어온 길을 보여주는 듯 했다. 지금 무슨 생각을 하고 있을까. 그녀가 걸어온 길도 저 바다 속에서 함께 출렁거리고 있겠지. 노란 머리카락이 바람에 날리고 있었다. 그녀의 가슴 속 돌덩어리도 저리 하얗게 부서져서 가벼워졌을까. 같은 길을 걸어 왔을 그녀에게 연민의 정을 보냈다.

나는 묵시아 바다를 가슴에 담고 일어서며 등대의 몸을 어루만졌다. '너에게 기대었던 내 등을 너는 결코 잊지 않겠지' 하얗게 질렸던 나의 삶이 묵시아 바다에서 푸른 빛을 띠며 다시 출렁거리기 시작했다. 묵시아 등대가 나에게는 바로 세상의 끝이었다. 세상의 끝에서 새롭게 시작되는 또 다른 길이 거기에 있었다. 등대를 뒤로 한 채 나는 세상을 향해 걷기 시작했다. 그러나 묵시아 등대는 나의 등 뒤에 있는 것이 아니라 지금부터 내가 걸어갈 길을 언제나 환하게 비추고 있을 것이다.

혼자 떠난 길, 산티아고

'주님, 저에게 이 순례 길을 걸을 수 있는 힘과 건강을 허락하소서. 저와 함께 걸어 주시고 제가 가는 곳마다 주님의 천사를 보내 주소서~!'

이것은 산티아고 순례 길을 준비하면서 항상 드렸던 기도이고, 순례 길에서 두려움이 생길 때마다 주님께 속삭였던 말이다. 9월 5일, 아이들에게 남기는 말을 적어서 성경 속에 끼워 놓고 비행기를 탔다. 파리와 바욘, 마드리드와 바르셀로나 일정까지 포함해서 전체 일정은 52일 정도였으며 그 중에서 순례 길을 걸어야 할 부분은 피니스테라와 묵시아까지 40일이었다. 전체 일정 속에서 겪었던 일들을 다 말할 수는 없고 순례 길 중에 그 분이 어떻게 나를 돌보셨는지를 이야기하고 싶다. 모든 여정이 혼자 찾아가야 할 길이기에 더욱 굳게 잡아야 할 손은 예수님, 성모님 손이었다. 평소에 걷는 것이 단련되지 않은 상태로 800km를 걷는다는 것은 너무나 힘들고 발이 고통스러운 일이었다.

내가 순례 길 전체를 통해서 가장 몰입하여 기도하고, 가장 깊이 찬미했던 곳이 피레네 산을 넘을 때였다. 사실 피네네 산의 절경에 취해서 걸을 때는 잠시 하느님을 잊고 있었다. 그러나 산 정상을 향하는 부분에서 비바람이 불기 시작하자 두려움이 엄습했고 나의 나약함, 인간의 나약함을 뼈저리게 느꼈다. 내 몸을 정신없이 두드리는 빗방울 앞에서 비로소 온전히 매달렸던 분, 내가 알고 있는 단어가 오직 예수님 밖에 없는 것처럼 덜덜 떨면서 그분만을 불렀다. 참 이상했다. 비바람 부는 깊은 산 속에서 그분만을 불렀을 때 나도 모르게 성가를 부르고 찬미와 영광을 드리고 있었다. 이렇게 그 분은 또 나를 온전히 당신께 매달리게 하는구나, 라는 생각이 들자 내 머리를 치고 들어오는 깨달음이 있었다. 고통이 축복이라는 진정한 의미가 무엇인지, 어떻게 고통 속에서 가장 절실한 감사와 찬미와 영광이 나오는지가 저절로 깨달아졌다. 예전에는 누군가 고통이 축복이라고 말하면 그 사람을 비웃었다. 그러나 고통이야말로 가장 절실하게, 가장 간절하게 그분을 느낄 수 있는 단 하나뿐인 통로라는 것을, 고통만큼 주님과 밀접하게 결합될 수 있는 것이 없다는 것을 비로소 느끼게 해 주셨다. 순례 첫날부터 하느님은 내 가슴을 당신 존재로 가득 채워 주셨다. 비바람 속에 피레네를 넘어 오던 날, 체력소모가 얼마나 컸던지 저녁에 샤워를 하다가 정신을 잃을 뻔 했다.

순례 길에 오르기 전 나를 무겁게 하는 것들에 대하여 꼭 고백성사를 보고 싶었다. 그러나 미루고 망설이다가 끝내 성사를 보지 못하고 왔다. 그런데 피레네를 넘어 온 다음 날 서울대교구에서 오신 신부님을 만났다. 성사를 보고 싶었는데 못보고 왔다고 말씀 드렸더니 신부님이 성사를 주시겠다고 했다. 그래서 수비리에 도착한 날 저녁, 신부님과 수비리 시냇가에 앉아서 한 시간 동안 면담성사를 봤다. 그 풍경은 오래도록 잊지 못할 것 같다. 그렇게 성사의 은총으로 본격적인 순례 길을 걷기 시작했다. 초반부터 발의 고통이 참으로 심했다. 아픈 발을 질질 끌다시피 팜플로냐에 도착하던 날, 길이 너무나 멀다는 느낌이 순간적으로 들어오면서 내가 과연 이 길을 다 걸어갈 수 있을까라는 두려움이 파고들었다. 그러나 그것은 순간의 두려움, 곧 그 생각을 떨쳐버렸다. 저녁마다 발바닥을 주무르며 내일 걸을 수 있을까를 생각하다가 내일 걸을 수 있게 해 달라고 빌었다. 그러면 다음날 아침 또 멀쩡하게 걸어갈 수 있는 힘이 생겼다. 그러나 물집은 발가락과 발뒤꿈치, 발바닥까지 생겨서 순례 길 내내 따라다녔다. 길을 걷다가 만나게 되는 절경을 보며 또 지나던 마을마다 있었던 성당에서 기도하며 위로와 힘을 받았다. 길가에 앉아서 발을 치료하거나 발바닥을 주무르기를 반복하면서 가야 할 길을 걸었다.

까리온 데 로스 꼰데스를 향해 갈 때였다. 오후가 되자 발바닥이 바늘로 찌르는 듯 더 심하게 아팠다. 도저히 안 되겠다 싶어서 보니 길가에 작은 집이 한 채 있었다. 그 앞에 벤치가 놓여 있기에 절뚝거리며 집 앞으로 올라갔는데 문은 굳게 잠겨 있었고 쇠창살이 달린 조그만 창문이 있었다. 살짝 들여다보니 놀랍게도 정면에 십자고상의 예수님이 보였다. 아마 작은 성당이었나 보다. 나는 쇠창살 속의 예수님께 조용히 기도했다. '예수님, 발이 너무 아파서 도저히 걸을 수가 없습니다. 어떻게 좀 해 주세요.' 그리고 문 앞 벤치에 주저앉았다. 그때 어디서 왔는지 한 무리의 사람들이 올라 왔다. 그리고 내가 그랬던 것처럼 그 사람들도 쇠창살 안을 들여다보더니 나에게로 다가 와서 왜 그러냐고 물었다. 내가 발이 아파서 걸을 수가 없다고 했더니 그 중에 한 여자가 내 발바닥에 손을 대고 기도를 하는 듯 했다. 다음으로 옆에 있던 남자가 배낭을 풀더니 진료통을 꺼냈다. 능숙하게 내 발바닥에 약을 바르고 움직이지 않는 밴드를 붙이고 붕대를 감고는 내일까지 절대 물을 넣지 말라고 당부했다. 그러겠다고 대답한 후 물어보니 프랑스 사람이라고 했다. 놀라웠다. 누구도 관심가지지 않고 그냥 지나가던 이 작은 집에 그 프랑스 사람들은 왜 올라왔을까. 그 답을 나는 알았다. 주님, 저는 오늘도 천사를 만났습니다.

그 사람들 말대로 다음날까지 발에 물을 넣지 않았더니 그날 이후로 발바닥이 괜찮아졌다. 그렇다고 발이 완전히 편해졌다는 건 아니다. 발을 완전히 낫게 해 주시지는 않았다. 바오로에게 박혀 있던 가시가 생각났다. 알베르게 들어가서 샤워하고 나면 계단 한 개를 한 번에 오르내리지 못했다. 너무 많이 걸어서 발바닥이 화끈거리고 욱신거려서 찬물에 발을 담그고 있기도 했다. 그래서 언제나 더 간절하게 기도해야 했다.

산 마르틴 데 까미노를 향해 가던 날, 내가 가야 할 코스를 벗어나고 말았다. 뜨거운 햇빛과 바삭 마른 옥수수, 가도 가도 끝이 없는 일직선의 길이 있을 뿐. 물은 이미 바닥났다. 아무리 둘러봐도 물을 파는 곳도, 구할 곳도 없었다. 멀리서 오는 순례자를 기다렸다가 물을 좀 달라고 청했다. 이 길에서는 개인 간식과 개인 물만 준비해서 갖고 다니기 때문에 다른 순례자에게 물을 달라고 청하는 건 희생을 요구하는 것이므로 큰 실례다. 그러나 그 분들은 자기가 가진 물을 반이나 내 물병에 채워주었다. 정말 고마웠다. 나는 일단 다음 마을로 들어가서 만난 사람에게 물었다. 아무리 가도 목적지가 나오지 않는다고 했더니 내가 온 길을 3키로는 되돌아가야 한다는 것이다. 그 순례자들은 친구들과 모여야 할 특별한 이유가 있어서 이쪽으로 왔고, 그곳도 산티아고 루트가 맞다고 했다. 하지만 내 목적지가 아니어서 당황했다. 그들은 그냥 자기가 머무는 호텔에서 같이 자고 내일 아침 같이 출발하자고 한다. 그러나 나의 길은 아닌 듯싶어 거절하고 잠시 생각 좀 해봐야겠다며 길에 앉아 있었다. 이미 30키로 가까이 걸어온 시점에 다시 되돌아가야 할 3키로는 보통 먼 거리가 아니었다. 어쩌지, 망설이고 있는데 아까 만났던 미국 사람이 친구와 함께 차를 타고 와서 내가 돌아가야 할 부분까지 태워다 주는 것이다. 주님, 오늘도 저는 당신의 천사를 만났습니다.

빵과 음식이 입에 맞지 않아도 걷기 위해서는 억지로 쑤셔 넣었고 그날의 잠자리가 좋든 안 좋든 주어진 그대로 받아들이며 걸었다. 배낭이 무거우면 버려야 할 것은 없는가를 살폈다. 가장 신경 써서 조심했던 부분은 무릎과 발목이었다. 산티아고 길에 자갈길이 많았고 종종 급경사가 나오는 곳이 있어서 정말 조심했다.

이 길을 걷는 사람들을 보면 많은 사람들이 가니까 동경하다가 온 사람, 가슴 속에 들어있는 돌덩이들을 내려놓기 위해서 온 사람, 여행하듯 즐기기 위해서 온 사람도 있었다. 그러나 나는 정말 순례자의 길을 걷고 싶었다. 그래서 처음부터 끝까지 내가 지고 간 배낭은 내가 감당해야 할 몫으로 여기며 한 번도 차에 실어 보내지 않았다. 미국인 친구가 오늘 걸어야 할 길이 험하니까 자기랑 같이 편안한 도로를 이용하면 길도 편하고 빨리 갈수 있다고 제안했을 때도 거절했다. 피곤하고 힘들다고 버스를 탄 적도 없다. 오직 주어진 길을 묵묵히 걷고 또 걸었다. 겁이 날 때마다 [이름 없는 순례자]가 바쳤던 예수기도를 몇 시간이고 바치면서 걸었던 그 길을 나는 평생 잊지 못할 것이다.

37일 만에 산티아고 데 콤포스텔라에 도착했다. 순례길

마지막 날의 최종목적지, 산티아고 대성당을 향해 걸을 때 가장 중요한 메시지를 받았다. 37일간 나는 오직 노란 화살표만 찾으며 그 화살표가 가리키는 길을 따라왔다. 그러다보니 내가 바라던 목적지에 도착하는구나. 라는 생각이 들면서 바로 '절대중심'이란 글자가 내 안에 새겨졌다. 내 삶의 절대중심은 무엇인가. 그것은 바로 예수님, 그 분만 찾고 따라가면 내 삶의 최종목적지까지 헤매지 않고 제대로 갈 수 있겠구나 싶었다.

처음으로 내가 자랑스러웠다. 아쉬웠던 것은 산티아고 데 콤포스텔라에 1시 가까이 도착했기 때문에 12시 미사를 드리지 못하고 내일미사를 기다려야 된다는 것이다. 그때 수비리에서 나에게 성사를 주신 신부님이 저녁 7시 30분, 공동으로 미사집전 하신다는 소식에 얼마나 기뻤는지 모른다. 거룩한 미사 후, 신부님과 저녁을 먹으며 순례 길에 대한 이야기를 나누었다. 신부님께 고백성사를 보고 시작한 길인데 신부님이 집전하신 미사로 마무리할 수 있어서 기쁘다고 말씀 드렸다.

혼자라서 더 깊이 만날 수 있었던 나의 하느님, 혼자라서 더 간절하게 생각했던 한 사람, 혼자라서 더 많이 만날 수 있었던 사람들, 혼자라서 더 많이 자유롭게 갈 수 있었던 곳, 그러나 두 번은 걸을 수 없을 것 같다고 생각한 그 길... 그 길을 걸으며 가장 좋아했던 시간은 불어오는 바람에 머리를 말리며 일기를 쓰던 시간이다.

밤이면 아픈 발을 붙잡고 내일은 걸을 수 없을 것 같다는 생각에 힘을 달라고 간청하면 다음날 아침, 다시 신발 끈을 묶고 배낭을 메고 일어섰을 때 놀랍게도 걸을 수 있는 힘이 생기곤 했다. 그 힘이 어디서 오는지를 나는 분명히 알고 있었다. 나의 하느님, 오직 당신께 영광을~!

절망과 고통 속에서 만난 천사들,
그리고 예수님

─최옥 시집 『오늘도 내일도 그 다음 날도
내 길을 가리라』의 작품세계

양 왕 용
(시인·부산대 명예교수)

1

　최옥 시인의 시집 『오늘도 내일도 그 다음날도 내 길을 가리라』는 프랑스 남부 국경 마을 생장피데보르에서 피레네 산맥을 넘어 스페인 북부에 있는 기독교 성지 산티아고 데 콤포스텔라까지 800km에 이르는 거리를 도보로 순례하면서 느낀 바를 시로 형상화한 시집이다. 출발부터 도착까지의 순서에 따라 4부로 나누어 총 69편의 시가 편집되어 있다. 이 순례 길을 세칭 '산티아고 순례길'이라 하고 있다. 그리고 마지막으로 그 근처의 피니스테라와 묵시아 바다를 방문한 것이 시적 제재가 된 산문시 1편이 덧붙어 있다. 이것까지 포함하면 도합 70편이 된다.

　우선 독자의 이해를 돕기 위하여 '산티아고 순례길'에 대하여 살펴보기로 한다. '산티아고Santiago'는 예수님의 열 두 제자

중 대표적인 세 제자인 베드로, 요한, 야고보(야곱) 가운데 야고보의 스페인 식 이름 Tiago에 성인을 가리키는 San이 합쳐진 합성어이다. 즉 '성 야곱'의 스페인 식 표현인 것이다. 예수님의 열 두 제자 가운데 야고보라는 이름을 가진 사람은 두 사람이다. 여기서 말하는 야고보는 혈육적으로 예수님과 사촌간이고 겟세마네 동산에서 예수님이 기도 하실 때 베드로와 요한과 함께 동행한 야고보이다. 그리고 야고보와 요한은 형제간이다. 알페오의 아들 야고보 때문에 그를 큰 야고보라 하고 알페오의 아들을 작은 야고보라 한다. 그는 불같은 성격의 소유자로 요한과 함께 '우레(우뢰)의 아들'이라는 별명을 가지고 있다.

야고보는 그의 어머니 살로메에 의하여 형제 요한과 함께 세속적 지위를 원하기도 했고(마태복음 20장20-28절), 예수님이 잡히실 때에는 다른 제자들과 함께 도망했으나 부활하신 예수님을 만난 후에 초대교회의 중요한 지도자가 되었다. 그는 사마리아와 유대 지역에서 복음을 전파했으며, 심지어 이베리아 반도 즉 스페인까지 다녀갔다는 기록도 있다. 그리고 헤롯 아그립바 1세 왕에 의하여 예루살렘에서 칼로 살해됨으로써 (사도행전 12장 2절) 열두 제자 가운데 최초의 순교자가 되었다. 그 때가 AD 44년 경이다. 야고보의 유해는 예루살렘에 묻혔으나 막상 그 무덤은 찾을 수가 없었다고 한다. 그러던 9세기경에 하늘에서 별빛이 내려와 숲 속의 한 동굴을 비추어 그 안으로 들어가 보니 야고보의 무덤이었다고 한다. 그 후 야고보의 유해는 스페인 국왕 알폰소에 의하여 스페인 서북부 지역 갈라시아의 '산티아고 데 콤포스델라'로 이장되었다. 그리고 왕은 그 자리에 150년에 걸쳐 완성되는 거대한 대성당을 짓기 시작하였다. 오늘날 그 성당 안으로 들어가 보면 야고보의 유골함이 전시되어 있다. 그 후 844년 이베리아 반도에서 벌어진 이스람 세력과 로마 가톨릭 세력의 전쟁에서 야고보가 나타나 앞장섰기 때문에 가톨릭 세력이 승리하였다는 전설이 전해져 이곳은 세계적인 가톨릭 성지가 되었다. 콤포스텔라는 라틴어 campus stellae(별이라는 뜻) 또는 compositum(무덤)에서 유래되었다고 하는데 두 뜻 가운데 어느 것인지는 알 수 없으나 현재 성당 발굴 조사에 의하면 로마시대의 묘지 위에 성당이 세워졌다는 것은 확인되었다고 한다. 1189년 교황 알렉산더 3세가 이곳을 예루살렘, 로마와 더불어 3대 성스러운 도시로 선포하였다.

산티아고 순례길은 프랑스와 스페인 접경지대에 있다. 이러한 지리적 조건으로 중세기 유럽지역과 이베리아 반도간의 문화교류를 촉진시키는 역할을 했으며 로마 가톨릭이 왕성하던 11세기부터 15세기 동안 번성했으며 길을 따라 역사적 종교적 의미를 지닌 여러 개의 대성당을 포함한 1,800여 개의 건축물이 남아 있다. 그래서 이 길이 1993년 유네스코 세계문화유산으로 지정되었다. 2015년에는 프랑스 남부와 마주한 국경지방에서 출발해 피레네 산맥을 넘어 스페인으로 유입되는 초기 순례길 등이 추가되었다. 이상과 같은 연유에서 산티아고 순례길이 오늘날의 가톨릭 신자들에게는 평생 한 번 가보기를 염원하는 곳이 되었고 도보 여행가들에게도 매력 있는 코스가 되었다.

최옥 시인의 머리글 〈시인의 말〉에 의하면 2017년 9월 9일 프랑스 생장피데보르에서 순례자로 등록하여 단 하루도 쉬지 않고 걸어 37일 만인 2017년 10월 15일 오후 1시 산티아고 데 콤포스텔라에 도착하였다고 한다. 이제 그의 작품에 이 순례길의 여정이 어떻게 형상화 되어 있는가를 살펴보기로 한다.

2

최옥 시인은 스페인으로 떠나기 전 딸들에게 유서를 쓰는 심정으로 남기는 말을 쓰고 출발한다. 그리고 이 순례를 결행하기 얼마 전 그는 사랑하는 남편을 천국으로 보냈다. 그래서 그는 남편을 잃은 슬픔을 안고 출발했다고 볼 수 있다. 이러한 정황은 이 시집의 첫 작품 「남기는 글을 쓰다」에 나와 있다. 그리고 이 순례 길은 처음부터 고난이 전개된다. 프랑스와 스페인 국경을 이루고 있는 피레네 산맥을 만나 그것을 넘어야 했다.

고운 햇빛을 달라 청했는데 비바람을 주셨다
기쁨을 달라 청했는데 두려움을 주셨다
비옷은 결코 비를 막아주지 못했다

온몸을 두드리는 빗방울 소리가 커질수록
두려움도 커져서 어린 짐승처럼 떨었다

깊은 피레네 산 속을 혼자 걸으며
비로소 가슴 치미는 기도가 나왔다
또다시 온전히 당신께 매달려서
성가를 부르고 기도를 드리다가
고통이 왜 축복인지 알게 하신 분

고통만이 절실하게 당신을 느낄 수 있는
하나뿐인 통로이며 가장 밀접하게
당신과 결합될 수 있다는 것을

비바람 부는 피레네 산을 넘으며
내 가슴은 벌써 당신 존재로 그득했다

　　　　　　　　 ─「피레네 산을 넘어가던 날」 전문

　피레네 산맥의 고개를 넘는 것도 힘든데 비바람까지 만났
으니 한층 두려울 수밖에 없었을 것이다. 게다가 순례 길에
익숙하기 전 당한 고난이라 더욱 두려웠을 것이다. 이로 인하
여 시인은 둘째 연에서처럼 기도하게 된다. 성가도 부르고 기
도를 드리다가 그는 결국 고통도 축복이라는 사실을 깨닫게
된다. 그런데 이 작품에서 '당신'의 존재는 셋째 연과 마지막
넷째 연에서 모호성을 가지고 있다. 즉, 당신이 그가 매달리
는 주님인지 아니면 그가 동행하고 있다고 생각하는 남편인

지를 알 수 없게 하는 모호함이 있다.

고통의 극복과 당신에 내포된 모호성의 청산, 이것이야말로 순례길에서 해결해야 할 가장 중요한 과제라는 것을 드러내고 있는 작품이 바로 이 시이다.

> 왜 산티아고 길을 걷느냐
> 수비리 가는 길에 만난 신부님이 물으셨다
> 이 길을 한번 걸어낸다면 좀 살 것 같아서,
> 좀 숨을 쉴 수 있을 것 같아서,
> 멈춰버린 나의 일상이 다시 흐를 수 있을 것 같아서
> 그래서 왔다는 말을 차마 할 수가 없어
> 대답 대신 고백성사를 청했다
> 산티아고 길에서 손에 꼽을 정도로
> 아름다운 마을 수비리, 아치형 다리가 있는 강가에
> 신부님과 나란히 앉아서 고백성사를 보았다
> 해는 지고 있었으며 바람은 알맞게 불었고
> 눈앞에 강물이 흘러갔다
> 내가 흘려보내야 할 것들은
> 내 안에서 빙빙 맴돌고 있었다
> 흘려보내야 더 넓은 바다에 닿을 수 있다는 것을
> 어찌 모를까
> 눈을 감고 그 사람의 얼굴을 떠올려 보아라
> 어떤 얼굴을 하고 있느냐
> 아, 도무지 어떤 모습도 떠올릴 수가 없었다
> ― 「수비리 강가의 고백성사」 전문

수비리 강가에서 최 시인은 서울 대교구에서 온 한국인 신

부를 만난다. 그 신부를 통하여 한국을 떠날 때 못 보고 온 고
백성사를 보았다. 고백성사의 내용이야 공개되고 있지 않다.
그러나 이 시를 통하여 최 시인의 도무지 숨을 제대로 쉬지
못할 정도의 절망의 정체는 남편의 죽음과 관련된 것이고, 그
로 인한 슬픔 때문에 아직도 남편을 천국으로 떠나보내지 못
하고 최 시인의 가슴 속에서는 계속 붙잡고 있다는 것을 알
수 있다. 그러나 이 고백성사를 통하여 그는 위로를 받고 산
티아고 길을 계속 걸을 수 있게 되었다고 볼 수 있다. 이 한국
인 신부는 최 시인이 산티아고 데 콤포스텔라에 도착한 2017
년 10월 15일 오후 7시 30분의 미사에 공동으로 집전하게 되
어 다시 만난다. 말하자면 최 시인은 순례길의 초입에 이 신
부로부터 고백성사를 보았고 순례길의 마지막에는 집전하는
미사에 참례하였다. 말하자면 이 한국인 신부는 주님이 최 시
인에게 보내주신 천사였다고 볼 수 있다.

> 길 위에서 만나는 집들이
> 어찌 저리도 예쁜가
> 높지도 않은 집들이
> 창문마다 꽃을 피우고 있었다
> 고운 빛깔의 제라늄이
> 흐드러지게 피어서
> 순례자의 여정에 잠시 위로를 준다
> 자신을 위한 꽃이 아니라
> 남을 위하여 피운 꽃의 아름다움이

거기 있었다

아름다운 풍경을 만나면
잠시 숨을 돌렸고
거룩한 성전을 만나면
무릎을 꿇고 기도했다
묘지를 보면 두 손을 모으고
거기 묻힌 영혼들에게 자비를 청했다
아프고 아픈 발을 끌며
팜플로냐 시내 긴 담벼락을 지나
팜플로냐 성에 입성했다

－「팜플로냐 가는 길」 전문

최 시인이 피레네 산맥을 넘어 처음으로 만난 도시(인구 18만)가 팜플로냐이다. 아르가 강변의 고지대(표고 449m)에 자리 잡은 이 도시는 10세기부터 16세기까지 이어온 나바라 왕국의 수도로 번영하였으며 그 시대의 건축물들이 많이 남아 있다. 특히 긴 성벽과 도시 밖으로 흐르는 아르가 강으로 인하여 7월에 열리는 소몰이축제 때를 제외하고는 조용하고 마음에 평안을 얻을 수 있는 도시이다. 소몰이 축제가 헤밍웨이의 소설 「태양은 다시 떠오른다」에 등장하면서 더욱 유명해진 곳이다.

최 시인은 첫째 연에서 팜플로냐 근교의 가정집들 창문에 놓여 있는 화분의 꽃들에서 위로를 받는다고 피력하고 있다. 그리고 자신을 위한 아름다움이 아닌 남을 위한 아름다움을 꽃들에게서 발견한다. 이러한 꽃에서 위로 받음은 풍경에서 위로 받음의 한 양태이다.

둘째 연에서는 그 자신의 순례길에서 사물을 어떻게 인식하는 것인가에 대하여 진술하고 있다. 그는 아름다운 풍경에서는 숨 돌리는 위로를 받고 성전 즉 성당들에서는 무릎 꿇고 기도하는 경건을 발견하고 묘지에서는 영혼들에게 자비를 청한다고 하고 있다. 사실 800km라는 긴 순례길은 즐거움이나 기쁨과 같은 정서를 가지기는 어려운 일상이다. 그리고 하루 종일 걷는다는 것 자체도 큰 고통이다. 이러한 고통을 극복하게 하는 것은 중간에 만나는 아름다운 풍경에서 위로를 받고 웅장하거나 소박하거나 간에 찾게 되는 성당에서 기도를 드려 힘을 얻고, 묘지 같은 것을 통하여 죽은 영혼들에게 자비를 청하는 길밖에 없다고 볼 수 있다.

이상으로 제1부 〈피레네를 넘어 아소포라로〉에 편집된 세 작품은 최 시인 자신의 산티아고 길 순례에 나선 까닭과 순례 도중에 닥칠 고난을 어떻게 극복할 것인가 하는 점을 개괄적으로 드러내고 있다.

제2부 〈아소포라에서 사아군까지〉에서는 다음 두 작품에 주목하기로 한다.

휘청거리며 사워를 하고
물이 뚝뚝 떨어지던 머리를
수건으로 감싸고 뜰에 나갔다

머리를 말리며 걸어온 길에 대한
기억을 더듬는 시간
손가락을 빗 삼아 머리를 어루만지면
머리카락 사이로 바람이 오고가고
하늘도 마음껏 드나들었다

젖은 머리카락 사이로
하얀 장미와 눈이 마주쳤다
손이 허공에서 멈췄다
어쩌다가 나는 이곳까지 와서
저 장미와 눈이 마주쳤을까
머리를 말리던 바람이
장미 꽃잎을 흔들고 갔다

밤 아홉시의 다락방 기도회
세계에서 온 순례자들이
모국어로 기도드릴 때도
하얀 장미의 눈빛은 기도보다 강했다

– 「또산또스 장미와 나」 전문

이 작품은 순례지의 숙박시설 스페인어로 알베르게albergue
에서 샤워를 하고 머리를 말리다가 발견한 하얀 장미가 시적
제재가 되어 있다. 첫째 연의 간략한 시적 공간에 대한 제시
후에 둘째 연에서 이 시의 중심 제재인 장미를 발견하게 된
다. 알베르게의 뜰에 피어 있는 장미는 최 시인이 평소 때 발
견하였다면 크게 감동적인 풍경이 아닐 수도 있을 것이다. 그
러나 하루 종일 걷고 몸을 가누지 못할 정도로 휘청거리며 샤

워를 한 후에 만난 하얀 장미의 생명력과 바람에 흔들리는 모습에서 발견한 아름다움은 예사로울 수가 없었을 것이다.

그래서 셋째 연에서처럼 밤 아홉시 순례자들이 모여 다락방에서 각자의 모국어로 기도할 때에도 그 아름다움과 생명력에서 받은 감동이 떠나지 않았다고 고백하고 있다. 이 경우 기도보다 장미의 아름다움에 심취했다고 최 시인을 비난할 수 없을 것이다. 하루 종일 걷는다는 고난의 연속에서 하얀 장미의 아름다움을 최 시인에게 주신 이 역시 주님인 것이다. 이렇게 37일 동안의 순례 길에서 아름다운 풍경과 사물을 발견할 수 있게 하신 주님께 아마 최 시인은 두고두고 감사하고 있을 것이다. 달리 표현하면 이러한 풍경과 사물 역시 주님이 보내주신 천사라고 볼 수 있을 것이다.

> 양쪽에 끝없이 늘어선
> 버드나무 사이를 걷다가
> 버드나무 앞에 서서
> 오래도록 잎사귀들을
> 쳐다보았다
>
> 잎새 부딪히는 소리
> 서로의 몸을 부딪히며 내는 소리
> 혼자서는 낼 수 없는 그 소리
> 서로 닿을 수 있을 만큼의
> 거리에 있어야 낼 수 있는 소리

오늘 아침 저 소리가
왜 이다지도 발걸음을 잡고 있는지

그림 같은 운하를 따라 걸으며
내가 닿을 수 있는,
내가 닿아 있는 곳에는 무엇이 있어
그리 고운 소리를 낼 수 있을까
오래 생각하였다

–「버드나무 앞에서 –프로마스타 가는 길」 전문

　앞의 시가 꽃에서 발견한 아름다움이라면 이 시는 버드나무의 잎들이 서로 부딪히며 내는 소리에서 아름다움보다는 혼자서 살 수 없고 더불어 살아야 한다는 삶의 진리를 발견한 것이라고 볼 수 있다. 그러나 그러한 진리를 분명히 밝히지 않고 독자의 몫으로 남겨두고 있다. 어쩌면 여기서 그는 남편을 천국으로 보낸 고독감도 어느 정도 느꼈을 것이다. 그러나 그것을 내보이지 않는 극기력도 가지고 있다.

　이 시 역시 의미전개 과정은 앞의 작품과 유사한 구조를 가지고 있다. 첫째 연의 시적 공간 제시, 둘째 연의 사물에 대한 관찰과 그것에 대한 의미부여, 마지막 셋째 연의 미래에 대한 기대, 이러한 구조는 최 시인의 시를 이해하는 중요한 열쇠가 될 것이다.

　이상과 같이 제2부에서는 순례길이 어느 정도 경과되어 자연을 관찰할 수 있는 여유를 가지게 되었다고 볼 수 있는 작품들이 많은 것이 특색이다.

　제3부 〈사아군에서 호스피탈 데 꼰데스까지〉에서는 대성당이 제재가 된 시 한 편과 평범한 산길이 제재가 된 작품을 살펴보기로 한다.

　　　레온은 축제 중이었다
　　　소와 마차의 행렬, 그리고
　　　전통복장의 스페인 사람들 속에 섞여
　　　나도 축제가 되었다
　　　먼 길을 걸어온 순례자들도
　　　그 풍경　속에서 잠시 숨을 돌렸다

　　　레온 대성당에 들어서는 순간
　　　쏟아지던 스테인드글라스의 빛
　　　세상에, 대성당을 지은 돌 개수보다
　　　스테인드글라스 유리조각이 더 많다니

　　　백 스물다섯 개라는 창마다
　　　품고 있던 빛깔의 중심에 내가 섰다
　　　당신의 전 생애가 사랑임을
　　　스테인드글라스 빛깔로 다시한번
　　　가슴에 새기는 순간
　　　사랑보다 미움을 먼저 헤아리던 삶이
　　　저만치서 무릎을 꿇었다

　　　당신을 온전히 따른다면
　　　나에게 남은 삶은

저리 고운 빛 속에서

날마다 축제가 되겠지요

– 「레온에서 축제가 되다」 전문

　이 작품은 레온에서 만난 축제 풍경과 레온 대성당의 스테인드글라스가 시적 제재가 되어 있다. 첫째 연에서 축제의 행렬인 소와 마차 그리고 스페인 전통복장의 사람들과 어울리는 다른 순례자들처럼 최 시인은 축제에 어울리면서 잠시 숨을 돌린다. 그러나 이 어울림이 길어지면 순례자가 아니라 관광객이 될 수 있다.

　축제 풍경은 결국 첫째 연에서 끝나고 둘째 연과 셋째 연에서는 레온 대성당의 스테인드글라스에서 느낀 감격을 시로 형상화 한다. 이 성당의 스테인드글라스는 스페인에서 가장 아름답다고 한다. 따라서 최 시인처럼 하루 종일 순례길을 걸어온 순례자들에게는 더 이상의 위안이 되는 사물이 없을 것이다. 셋째 연에서 최 시인은 스테인드글라스의 이름다움에서 예수님 즉 당신을 발견한다. 이 당신은 순례 길 벽두 「피레네 산을 넘어가던 날」에서 보이던 모호함이 청산되고 있다. 하느님의 아들이면서 십자가에 못 박혀 돌아가심으로 영원히 죽을 수밖에 없는 우리를 구원하신 예수님을 온전히 따르겠다고 그는 지난날을 회개하며 무릎을 꿇는다.

　최 시인의 전형적인 시적 의미구조처럼 마지막 넷째 연에서 그는 예수님을 온전히 따르면 그의 앞으로의 일상이 스테

인드글라스처럼 곱고 첫째 연의 레온의 축제처럼 행복하게
될 것으로 소망한다.

> 앞뒤로 사람이 아무도 없다
> 앞을 봐도 뒤를 봐도
> 당신이 보이지 않던 그 순간처럼
>
> 여자 혼자 배낭 하나 메고
> 호젓한 이국의 산길을 걷는다는 건
> 두려움이다, 그리 말할 수도 있겠지만
> 그것은 고요 속의 내 영혼이
> 당신을 만나는 순간
>
> 나의 하느님
> 그분을 향하여
> 매순간 손을 내밀며
> 나는 마음 놓고
> 그 길을 지나올 수 있었다
>
> – 「당신을 만나는 시간」 전문

　최 시인의 순례길은 이제 어떠한 상황이라도 절망과 고통
그리고 두려움 같은 것을 극복하거나 혹은 초월할 수 있는 경
지에 다다랐다는 것을 보여주는 작품이 바로 이 「당신을 만
나는 시간」이다.
　여기서의 '당신'을 굳이 이중적으로 해석할 필요는 없다. 첫
째 연에서 혹시 천국에 있는 최 시인의 남편으로 해석할 여지

는 있으나 그렇게 보기보다 우리의 삶에서 고난이나 역경이 겹쳐지면 간혹 주님을 원망하기가 도를 넘어 부재라고 생각하는 경우라고 보는 것이 오히려 공감대가 넓다. 둘째 연처럼 여자가 혼자 배낭을 매고 호젓한 이국 길을 걷는다는 것은 상식적으로 보면 두려움 그 자체이다. 그러나 최 시인은 이러한 고요 속에서 하느님을 만난다. 그는 셋째 연처럼 매순간 하느님에게 손을 내밀어 그녀의 손을 잡아주는 하느님과 더불어 두려움을 떨쳐낸다.

이렇게 그는 산티아고 순례길에서 숨 쉴 수 없는 절망감을 떨치고 하느님과 매순간 동행하면 행복과 평강이 깃든다는 교훈을 체득하게 된 것이다.

제4부 〈호스피탈 데 꼰데스에서 산티아고 데 콤포스텔라로〉에서는 지금까지 순례 길에서 깨달은 새로운 삶의 방향과 산티아고 데 콤포스텔라에 도착한 감격이 어떻게 형상화 되어 있는가를 살펴볼 작품을 골라 보기로 한다.

고통은 온전히
나 혼자의 것이다
그리 생각했을 때 나는
지극히 혼자였다
그 고통, 차라리
사랑해 버리자고
입을 맞추었더니

고통의 모서리가
부드러운 동그라미가
되었다

고통의 중심에
그분이 계셨다
하느님을 소유한 사람은
모든 것을 소유한 것이라던
성녀의 말씀처럼
나, 모든 것을 가졌기에
비로소 가벼워졌다

온전히 혼자여서
완전히 함께였다
　　　　　　　－「내가 소유한 것」 전문

　이 작품의 경우 지금까지의 많은 작품들이 시적 공간으로
'산티아고 순례 길'을 작품의 첫 부분에 배치하는 것과는 달리
철저히 최 시인 자신의 내면적 고백이다.
　이 글의 서두에서 밝혔듯이 최 시인은 숨을 쉴 수 없을 정
도의 고통을 안고 순례 길을 나섰다. 그러다가 서울 대교구
신부님을 도중에 만나 고백성사를 함으로써 다소 위안을 받
아 순례길을 계속하였다. 그러나 여자 몸으로 하루 종일 한
달이 넘게 걷는다는 것은 지금까지의 고통과는 비교가 안 될
정도의 고통의 연속이었다. 밤마다 알베르게에서 주님께 간

절히 기도하고, 발을 맛사지하고, 때로는 순례자 일행의 도움을 받아 순례를 계속할 수 있었다. 그 결과 그는 고통과 친구가 되어 고통을 이길 수 있었다. 이러한 순례길을 통한 고통극복의 진솔한 고백이 바로 이 작품이다. 그 고통의 중심에 하느님이 계셨으며, 하느님을 소유한 것은 고통뿐만 아니라 다른 모든 것을 소유한 것이라는 것을 깨닫게 되었다. 그 결과 최 시인이 가지고 있는 고통의 무게가 가벼워졌다.

이 작품의 다른 특색은 지금까지 최 시인의 시에서 발견하지 못한 역설의 미학을 발견할 수 있다는 점이다. 성지순례라는 큰 테마 때문에 그 동안 최 시인의 시에서는 비유나 상징 혹은 역설과 아이러니를 발견할 수 없었다. 그러나 이 작품에서는 그가 의도적으로 사용하지는 않았지만 37일간이라는 긴 고통의 나날에서 깨달은 결론이 바로 역설의 미학이 되었다. 즉, 둘째 연의 끝 부분 '나, 모든 것을 가졌기에/비로소 가벼워졌다'라는 부분과 마지막 셋째 연 '온전히 혼자여서/완전히 함께였다'라는 부분이 바로 그것이다. 모든 것을 가진 것은 충만함이며 가벼움은 텅빔인 것이다. 충만함과 텅빔은 상식적 진술에서는 결코 양립할 수 없는 것이다. 그러나 이 시에서는 가득찬 가벼움이라는 역설적 현상이 성립하게 된다. 최 시인의 37일의 고난의 순례 길에서는 하느님의 은혜를 통하여 고통은 충만함에서 오는 가벼움이 된 것이다. 그래서 고통은 가벼워지고 최 시인은 새로운 삶을 시작하게 된 것이다. 그의 새로운 삶은 온전히 혼자일 것이다. 그러나 하느님이 언제나

함께 함으로 인하여 세속적인 가치로는 전혀 납득할 수 없는
마지막 연처럼 완전한 동행의 삶이 될 것이다.

그렇게 나는
산티아고 대성당에 도착했습니다
야고보 성인이시여
별의 들판이여
나의 절을 받으소서

보수 중인
거대한 성당 앞에서
여전히 보수 중인
내 마음을 보았습니다
이곳을 향하여
걸어온 길처럼
그렇게 남은 생을
살아가면 되겠지요

나의 모든 걸음을 함께 해준
등산스틱을 최종 목적지에
꽂으며 걸어온 길에
마침표를 찍습니다.
이 마침표는 새롭게 걸어 갈
내 삶의 길에 시작점이 되겠지요

– 「산티아고 데 콤포스텔라에서」 전문

이 작품은 '산티아고 순례 길'의 종착점인 산티아고 대성당에 도착한 감격을 형상화 한 것이다. 이미 앞 작품에서 최 시인은 37일간의 고난의 여정에서 얻은 신앙고백을 역설의 미학으로 응축하였다. 그러나 종착지의 감격을 어떻게 인용하지 않을 수 있겠는가? 이 작품의 백미는 보수중인 성당을 가져와 아직도 최 시인의 마음을 보수하고 있다는 비유적인 표현이다. 그러나 그는 800km의 순례길에 끝까지 동반한 등산스틱을 꽂은 지점에서 새로운 삶을 살겠다는 각오를 담담하게 피력하고 있다.

3

최 시인의 '산티아고 순례 시편'을 통독하면서 필자는 비록 산티아고 순례길을 가보지는 못했으나 오랜 전에 가본 스페인 여행의 기억을 되살리면서 특히 성모 발한 파티마 성당에서의 기억을 되살리고 산티아고 순례 길을 많이 공부하기도 했다. 그러나 무엇보다 최 시인의 고통 극복의 과정을 추적하면서 최 시인은 순례길에서 많은 천사들을 만났다는 생각을 하게 되었다.

무모한 것 같은 도전에도 주님은 천사들을 보내어 그것을 성취하게 하시고 최 시인에게 남은 생애를 새롭게 설계하게 하였다는 생각을 하게 되었다. 뿐만 아니라 비록 최 시인과는 다른 개신교 신앙이지만 필자 자신의 신앙에 대해서도 되돌아보게 되었다. 최 시인의 앞날에 고난과 고통보다는 행복과

보람참이 가득하기를 기도하면서 최 시인의 '산티아고 순례 시편' 마지막 작품을 인용하고 해설을 마치기로 한다.

> 예수님, 당신을 바라보고 있는 이 시간
> 평생 잊지 않게 하소서
> 예수님, 당신을 바라보고 있는 이 시간
> 평생 은총이 되게 하소서
> 예수님, 당신을 바라보고 있는 이 시간
> 평생 나의 절대중심이 되게 하소서
>
> 내가 가장 고통스러웠을 때
> 나의 영혼은 가장 맑았습니다
>
> — 「당신을 바라보고 있는 이 시간」 전문

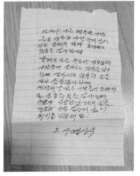